마흔 랩소디 ★

빈티나지 않고

빈티지하게

이솔잎 글

마흔 랩소디
빈티나지 않고
빈티지하게

★

푸른문학

잠 못 이루는 마흔들에게

마흔까지 살았지만 난 여전히 철없다. 솔직히 별로 철들고 싶지도 않다. 도넛 빨리 먹기 대회에 참여하고, 볼록 나온 배를 내놓고도 곧 죽어도 흰색 원피스 수영복을 꺼내 입는다. 뜨거운 태양 아래 시뻘겋게 그을려서 쓰라려도 패들보드에서 내려올 줄 모르는 쓸데없는 열정파이기도 하다. 족보도 없는 요리를 만들고는 기뻐하고, 하루에도 몇 번씩 변화하는 고무줄 같은 허리둘레를 보고 재밌어하는 긍정 아줌마다. 식당에서는 꼭 남은 음식은 포장해오고 다음 날 아침 데워 먹으며 나의 알뜰함에 미소 짓는 주책바가지이기도 하다.

어떻게 보면 뻔뻔하다는 것은 '거리낌이 없다'라는 말이기도 하다. 애써 남에게 좋은 인상을 주려고 연기하거나 거짓말을 사용하지 않는다. 하고 싶은 일에 있어 주변 사람들 눈치 보지 않는 스스럼 없는 행동으로 그 합리성은 왜곡되지 않고 곧장 발휘된다. 우리는 나이가 들면서 변하는 게 아니라 보다 자기다워지는 거라 생각한다. 그러니 마지막 젊은 날을 사는 마흔에게 필요한 것은 큰 평수 아파트에서 외로움에 허우적거리는 것이 아니라 삶에 놀이를 허락하는 것이다. 내 안에 작은 놀이를 허락하는 순간 몸에 맞지 않는 무거운 외투를 벗어 버리게 된다. 뛰어놀다 보면 덥고 거추장스러우니깐 누가 뭐라 하지 않아도 벗게 된다. 동화 해님과 바람에서 나그네의 옷을 벗긴 따스한 햇볕처럼 이 책이 좀 더 가볍고 자유롭게 살도록 이끌었으면 좋겠다. 함께 나를 둘러싸고 있는 가식, 고정관념, 자존심을 벗고, 재미난 세상으로 뛰어 들어가 보자.

행복은 상상 이상으로 다양하고, 예상 밖으로 소박하며 때론 뜻밖의 엉뚱한 것에서 발견할 수 있다. 우리 주변에 펼쳐져 있는 다양한 재밋거리들을 눈 동그랗게 크게 뜨고 담아보는 것이다. 넷플릭스 드라마 오징어 게임 주인공 깐부 할아버지처럼 후회하는 삶을 살고 싶지 않다면 무료한 일상에 건강한 놀이를 통해 어릴 적 시간 가는 줄 모르고 놀았던 즐거움을 재연하고 확장해야 한다.

빈. 티. 지. 빈티 나지 않게, 티 내면서, 지랄맞게 삶을 즐기는 여가 학자로서 재미와 행복의 관계에 관한 연구를 해오고 있다. 삶에서 찐 놀이가 있는 사람들은 재미를 발견하는 능력이 탁월했으며, 대인관계에서 사회적 지지를 얻고 있었다. 놀이에서의 만족이 곧 삶의 만족으로 그리고 행복으로 이어진다는 것을 발견했다. 좋아하는 놀이가 있으면 삶이 찬란해지고, 지친 영혼이 되살아기 때문이다.

마흔, 무더운 여름의 절정을 살아가는 우리가 해야 할 일은 나의 '밝음'을 확산시키는 일이다. 그러니 많이 웃고, 감탄하며, 스스로 반할 일들을 계속해 나가고 싶은 사람들

여기 여기 모여라 ~~~~

차례

프롤로그 | 잠 못 이루는 마흔들에게 · 4

1장 나이 답게가 아닌 나답게

내 나이 겨우   14

난 내게 반할래   21

시궁창에 빠져있어도 별을 본다   26

마흔의 위기 해석   34

브로콜리 표지   42

제니를 만나다   49

Treat yourself kindly   54

운 좋은 사람   60

오늘 나이는, 비 온 뒤 갬   67

2장 여기서 행복할게

놀이는 원초적 본능   78

건빵 하나, 별사탕 하나   85

수영복은 예뻤다   89

세상 오래 살고 볼 일   94

힙한 마흔   103

실패해도 마흔이니까   112

소통은 카드놀이처럼   121

놀면 뭐 하니?   129

3장   남들과 5° 다르게

사선도 선이다   142

조금 삐딱하게 살아가기로 했다   147

벗어, 그리고 뛰어들어   150

해보고 싶은 건 해봐야지   156

행복한 돈 지랄   167

27살 남친 알렉스   173

오싹한 동거   180

나는 재능 부자다   186

자발적 웃음 헤픈 여자가 돼다   191

4장 빈티나게가 아니라 빈티지하게

빈티 나지 않고 빈티지하게   200

오래된 벗   207

제3의 성(性) 아줌마   212

글래머스한 마흔은 어때?   218

악마는 중년을 입는다   226

동안보다는 동심   235

정 여사가 원하는 대로   242

출생의 비밀   248

1장

나이 답게가 아닌 나답게

내 나이 겨우

30대 후반부터 곧 마주하게 될 마흔에 대해 막연한 두려움과 불안이 있었다. 나는 철들고 싶지 않았고, 더욱이 주위 기대에 부응하는 표준형 어른이 되고 싶은 마음은 없었다. 어른이 된다는 건, 사회적 시선에 의해 자신의 역할이 규정되는 일이었고, 맡겨진 일에 순응하며 자기 자리에서 뿌리를 내리는 과정이었다. 하고 싶은 것보다는 해야 할 일들이 늘 먼저여야 되고, 자신의 감정을 드러내지 않는 로봇 같은 얼굴로, 흔들려도 흔들리는 티를 내서는 안 되는 것을 말했다. 사회가 나에게 그려준 어른의 상image은 그랬다.

어른이 되고 싶진 않았지만, 삶은 아이로만 살 수 없다는 부정의 메시지를 계속해서 보내왔기에 불안은 한 살씩 나이를 먹어감에 따라 벽돌처럼 아래로 쌓여갔다. 그때, 도피처로 집어 든 것이 책이었다. 불안감에 책장만 넘기다 보니 아쉽게도 책이 주는 힘과 영감은 일회용 배터리 수명만큼 만 지속하였다. 방전되고 나면 불안은 언제 그랬냐는 듯 다시 엄습해 들어왔다.

정확히 말하자면 마흔이 무서운 게 아니라, 마흔을 바라보는 주위 시선이 살벌한 것이다. 내 의지가 아니라 타자의 의지에 따라 내 삶을 디자인해야 한다고 부추기 때문이다. 일례로 마흔이면, 남들에게 내보일 집 한 채 정도는 있어야 한다. 마흔이면 번듯한 중형 세단 정도는 있어야 한다. 마흔이면, 결혼해야 하고 애도 한 둘 있어야 한다. 마흔이면, 연봉은… 마흔이면.

누구도 강요하지 않았지만, 누구나 마흔이 되면 자신을 흔들어대는 이야기라는 데는 부정할 사람은 없을 것이라 생각한다. 이렇게 흔들리면서도 실상 마흔이 되고 나서는 초연하게 이 나이를 맞이했다. 오히려 20대에서 30대로 넘어갈 때가 요란했다. 금방이라도 늙은이가 될 것처럼 호들갑을 떨었다. 그래서였는지 당시에는 서른 살을 병원에서 맞이했을 정도로 자주 앓았다. 아직 병원에 실려가던 새벽 병원 복도의 알코올 냄새가 또렷하다.

누구도 내게 살벌한 마흔의 조건을 늘어놓고 요구하지도 않았다.

제멋대로 마흔의 조건 따위를 들이대며 충고를 하려 했다가 본전도 못 챙길 거라는 걸 잘 알았던 모양이다. 어쨌든 귀찮게 하지 않은 것은 다행스러운 일이었다.

마흔을 사는 내 방식은 타자가 내 삶을 함부로 재단하는 걸 허락하지 않기로 결정하는 순간, 마흔으로 들어선 나의 세계로 상냥한 바람이 불었고, 친절한 햇살이 보슬비처럼 내리고 있었다. 주름이 그리 깊어진 것도 아니고 거울에 비친 내 오렌지 빛 피부는 어제와 다름없이 여전히 건강한 매력을 뿜어내고 있었다. "yes!"

39살 12월 31일과 40살 1월 1일 사이에 차이를 만드는 것은 각자가 부여하는 의미일 뿐 달라질 것은 아무것도 없었다. 마흔이라는 그저 막연한 두려움, 우리가 만들어 낸 하나의 관념에 지나지 않는다는 걸 알았다. 어떤 시선으로 내 나이를 바라봐 줄 것인 가는 전적으로 내 몫이다.

#그러려니 합니다

난 근육이 많은 데다 쉽게 잘 붙는 체질이었다. 30대에는 중량 운동 3일 하고 나면 근육이 1kg나 붙었다. 이건 실로 어마어마한 것이다. 고기 두 근 무게가 며칠 만에 는 것이니까. 그런데 마흔이 되

난 내게 반할래

고 나서부터는 한 달 꼬박 운동해도 근육량이 늘기는커녕 오히려 체지방만 증가했다. 예전과 다른 몸이 된 것이다. 그렇다고 크게 슬퍼하진 않았다. 나이에 맞는 운동 방법을 몰라서 그랬던 거니까. 공부해가며 운동을 했더니 충분히 보완되더라.

어디 몸뿐이겠는가? 영어단어 하나 외우는 게 정치인 다운 정치인 한 사람 만나기만큼 어렵다. 누군가와 대화를 할 때도 특정 단어가 생각이 나지 않아 사정없이 눈알을 돌려가며 발을 동동거린다. 그렇다고 잠자리에 누워 베개를 적실 만큼 괴로운 일은 아니다. 우리끼리 솔직히 하는 이야기지만 당신도 어렸을 때 기억력이 좋지 않아 몇 번 책상에 머리 박고 그랬을 것이다. 갑자기 나이 들어 안 좋아진 게 아니라 그때도 그랬구나 싶으니까 위로가 된다. 나이 탓이라 인정해버리는 순간 정말 뇌의 기능이 감퇴하고 만다.

문득 꿈꾸고 도전하기에는 너무 늦어버린 것 같고, 외로움과 허무함이 단짝처럼 예고도 없이 찾아오기도 한다. 호르몬 변화라 탓하며 넘겨버릴 문제는 아니지만, 그렇다고 인생 다 산 것처럼 시간을 허비하기에는 우리의 마지막 젊은 날이 너무 안타깝다.

20대 때에도 늦었다는 불안감은 늘 있었다. 30대에도 마찬가지였다. 우리는 어느 시점을 살아가더라도 내가 충분히 기회를 가질 여유가 있다는 생각을 하지 못하고 살았다. 마흔이어서 늦은 것이 아니라, 애초부터 불안은 인간의 본성인 것이다. 불안에 속아 체념해버리면 그의 인생에 도전이란 말은 언제나 부러운 남의 얘기일 뿐이다. 그러니 그만 푸념하고, 그만 비교하고, 있는 그대로의 나를 사랑하며 살아보자.

#두 번째 스무 살

이십 대는 설익은 열정만 있었고, 삼십 대는 콧대만 높았지 세련되지 못했다. 마흔의 때야말로 세상을 이해하는 성숙함과 관계의 세련됨이 무르익는 때다. 마흔은 아름다움의 정점일 수 있고, 인생의 전환점이자 새로운 기회가 될 수 있다. 그전에도 멋졌지만, 더 멋져질 거라는 자신감을 당당히 드러내기에 딱 좋은 나이다.

마흔의 과제는 앞으로 사십 년 오십 년을 살아가는 자기 철학을 정립하는 것이다. 마흔을 기점으로 인생의 결이 달라질 수 있다. 지금까지 살아왔던 대로 살 것인가, 결을 바꿔 살 것인가에 대한 스스로 이유를 묻고 결을 바꿀 수 있는 절호의 기회인 것이다. 그런 점에서 일생 중 마흔이란 길목은 축복이다.

자신의 가치를 생산성에서 찾지 않게 되면 몇 살이 되어도, 어떤 상황에서도 자신이 가치 있다고 생각할 수 있다. 있는 그대로의 자신을 받아들이는 사람에게는 향기가 난다. 향기가 있는 사람에겐 육체의 나이와는 견줄 수 없는 아우라가 그의 생 전반에 넘실거린다. 그 아우라는 자기 한 사람을 넘어 그와 관계하는 사람들에게까지 삶의 영감을 미친다. 그게 진짜 아름다움 아닐까.

거울을 보자. 나를 유심히 들여다보고서는 환한 미소를 지어보자. 그러면 아직 젊고 충분히 매력적인 나를 만나게 된다. 나는 현재 내 인생에서 가장 젊은 나이를 살고 있다. 그러니 나를 둘러싸고 있는 문제의 장막을 걷어내고 당당히 세상 밖으로 나오자. 나에게 반할 내 모습을 만들어 가면 된다.

이제 마흔이라는 그릇된 감정을 발아래 내려놓고 다시 생각해 보자. 우린 지금 두 번째 스무 살을 맞이하는 것이라고.

난 내게 반할래

"너 드라마 빈센조 봤어? 나 요즘 송중기에게 완전히 반했잖아"
친구는 얼굴이 발그레해져서는 한껏 흥분한 톤으로 말했다. 학창 시절 김민종 브로마이드 펼쳐 놓고 좋아죽던 그때 그 시절로 돌아 갔다. 두 아이의 엄마로 살고 있지만, 여전히 드라마 속 남주를 보고 설레한다. 나도 달달한 로맨스를 보고 있자면 손발이 오그라들면서도 기분 좋은 미소를 감출 수가 없다. 잠자리까지 설레는 감정을 가지고 들어간다. 혹시 아는가? 꿈에서라도 여주가 될 수 있을지.

물론 잘생김을 과다 복용한 송중기도 좋고, 순수청년 박서준도 좋지만, 난 먼저 나에게 반했으면 좋겠다. 생각만 해도 기분 좋고, 더 반할 수 있도록 잘 가꾸고 싶은 존재가 바로 내가 되고 싶다. 뭔가 특별한 일을 하고 다른 사람의 인정을 받아야지만 괜찮은 사람이 되는 건 아니다. 그동안은 남에게 잘 보이고 싶고, 경쟁에서 이기고 싶어 애쓰고 살았다면, 이제 인생의 하프타임half time은 스스로 좋아할 만한 사람이 되려고 노력하며 살고 싶다.

그래서 좋은 것을 먹여주고, 잘 재워주려고 한다. 좋은 음악도 들려주고 가슴 설레게 만드는 다양한 일들을 경험시켜주고 싶다. 단순히 결과만으로 평가하지 않고, 노력하고 도전하는 모습을 따뜻한 시선으로 바라봐 주고 싶다. 작은 배움에도 즐거움을 느끼면서 말이다. 순수하게 좋아할 수 있는 놀이 들을 반복 훈련해 나가면서 성장의 깊이를 체험해 나가는 일이야말로 삶의 주름을 펴는 보톡스가 되어준다.

무엇보다 내가 원하는 꿈이 있다면 이룰 수 있도록 적극적으로 도와주고 싶다. 영어로 강의를 할 수 있다면, 라틴 댄스를 화려하게 잘 출 수 있다면, 전문성을 갖춘 교수가 되고, 돋보기를 쓰고도 글을 쓴다면 난 내게 더 반할 것 같다. 그래서 난 고요한 이른 아침 책상 앞에 앉는다. 상상을 현실로 만들어나가는 즐거움을 맛보기 위해서다.

인간이 가치 있는 존재인 것은 우리 각자에게 인생의 '자기 결정권'
이 있어서라고 한다. 예나 지금이나 인생에 있어서 사람이 살맛을
느낄 때는 자기 주도권을 가졌을 때다. 사람은 두 종류로 나뉠 수
있다고 본다. 아티스트로 사는가, 관객으로 사는 가다. 아티스트의
삶은 창조적이고 생산적이다. 결과물을 만들고 나누고 새로운 세
계와 연결되는 과정 안에서 기쁨을 느낀다. 반면 관객으로 살아가
는 사람에겐 아티스트를 바라보는 감탄과 감동이 있을지언정 정작
중요한 자기 자신에 대한 만족감이 결여되어 있기 쉽다.

자존감은 모래 위의 성과 같아 조금만 파도가 밀려와도 쉽게 무너
지고 만다. 자신을 좋게 생각하려고 애를 쓰지만 쉽지 않다. 나약
하고, 재능 없는 별 볼 일 없는 인간이라는 걸 알기 때문에 그런지
모르겠다. 그러다 보니 집에서 기르는 애완동물보다 자신을 더 돌
보지 않는다. 그러면 자신을 인정해 주고 사랑해 주는 사람을 만나
면 괜찮을까. 나이가 들수록 부모님처럼 나를 있는 그대로 사랑해
주는 사람을 만나기도 쉽지 않다.

의사 문요한은 〈오티움〉에서 어른의 자존감에서 가장 중요한 것
은 '좋은 경험'이라 말한다. 이때 좋은 경험은 삶에 활기를 주고 질
서와 균형이 잡힐 수 있는 활동을 통해 얻게 되는 것을 말한다. 공
부하고 새로운 영역에 도전해 보고, 운동하면서 얻게 되는 스스로

만드는 기쁨이다. 이때 좋은 경험을 계속하면 굳이 애쓰지 않아도 자연스럽게 자기 인식이 바뀐다.

나에게 반할 것 같은 그 일을 해나가는 것, 미래에 반할 수 있는 나를 조각해 나가면서 자력의 행복을 만들어 낼 때. 최고의 나를 만날 수 있다. 몰입하고 가꾸면서 자신에 대해 좋은 느낌이 들게 된다. 다른 사람의 인생을 조각해 나간다고 해서 자존감 지수가 안 올라간다. 자기가 만들어야 한다. 자기 자신을 소중히 생각하는 사람의 태도는 이래야 하지 않을까.

중년의 위기를 잘 넘어서는 사람들은 '꾸밈'에서 '가꿈'으로의 삶의 방식이 바뀐다. 다른 사람들의 이쁨을 받기 위해 그들이 원하는 꾸밈을 멈추고, 자신을 들여다보고 보살피고 가꾸어 나간다. 이제는 자신을 들여다보고 집중해야 한다는 의미일 것이다.

최근 가까운 지인들의 암 선고와 부모님들의 부고 소식이 적잖게 들린다. 이제는 그럴 나이가 되었구나 싶어 서글퍼지다가도 남은 삶을 어떻게 살아야 할까에 대한 질문이 뒤따른다. 사람들은 나이가 들수록 가장 중요한 것에 초점을 둔다고 한다. 외부로 향했던 에너지가 내부로 초점이 바뀌게 되면서 삶에 대한 태도를 전환하도록 돕는 것이다.

언제부턴가 자신에게 무엇을 원하는지, 무엇을 좋아하는지 묻지
않았다. 그것이 중요하지 않아서가 아니라 그 질문에 답을 하기가
막막하기 때문이다. 기억하자. 진짜 자유란 하고 싶지 않은 걸 잘
해내는 것이 아니라 하고 싶은 걸 하는 것에 있다는 것을.

시궁창에 빠져있어도 별을 본다

마흔의 또래가 모이면 화제의 중심에 건강이 빠지는 법이 없다. 벌써 오십견이 왔다, 잔기침이 많아져서 힘들다, 이유 없이 발바닥이 아프다, 지방간 진단을 받았다는 등의 주제도 다채롭다. 몸에 문제가 생기기 시작하는 나이이다 보니 다들 반쯤 의사다.

삼십 대까지는 보지도 않던 홈쇼핑에서 건강식품을 소개하면 어느새 내 손가락은 주문 버튼을 누르고 있다. 하루가 다르게 올라오는 기미와 주름은 어찌나 잘 보이는지, 오히려 가끔 올라오는 여드름이 반가울 지경이다.

몸 기능이 떨어지니 자신감도 덩달아 떨어진다. 외면해 왔던 자신의 나약함이 머리를 들이미는 것이다. 절인 배추처럼 흐느적거리는 마음을 추세우려 애쓰는 내가 안쓰러워 코끝이 찡해진다. 그럴 때면 슈퍼에 딱 버티고 서서 사탕을 달라며 대차게 발버둥 치는 다섯 살 꼬마처럼 사그라질 것 같은 내 푸른 봄[靑春]을 되찾고 싶다.

#나 다시 안 돌아갈래!

언젠가 예능에 출연했던 배우 윤여정과 김희애에게 다시 청춘으로 돌아갈 수 있다면 언제로 돌아가고 싶은지 물었다.

"안 돌아가고 싶어요."

"나 다시 돌아갈래!"라고 외친 영화 속 어느 주인공의 절규와는 너무나 대조적인 말에 내 가슴속 꺼져있던 스토브에 타다닥 불이 붙는 걸 느꼈다.

젊음이란 그 자체로 아름다운 때다. 무슨 일이든 다 할 수 있을 것 같은 열정 가득한 시절인 것은 분명하지만, 어린 나이의 미숙함 때문에 겪어내야 했던 실수와 실패도 적지 않다. 숱한 실패로 쌓아 올린 지금의 나이를 버릴 이유가 없다. 삶이란 긴 터널을 온몸으로 겪어냈던 경험은 그 자체로 가치 있는 것이니까. 경험을 쌓아가다 보면 나이만 먹는 게 아니다. 세상을 바라보는 스펙트럼이 넓어진

만큼 삶에 대한 분별도 생긴다.

육체의 노화를 유쾌하게 받아들일 사람은 없다. 몸이 통증을 보내올 때, 그것은 분명 불쾌하고 불안한 일이다. 몸이 아프다는 말을 수없이 들었어도 정작 어떤 느낌인지 알 수 없던 나이에서 몸으로 이해하는 나이가 됐을 때, 그제야 지금껏 건강히 삶을 지탱해온 내 몸의 소중함을 깨닫게 되었다.

이제야 비로소 내 몸을 아끼고 소중히 다룰 삶의 자세를 회복할 수 있게 된다. 늘 밖으로만 쏠려 있던 시선을 나 자신에게로 돌리는 바로 그때 몸의 신호를 알아차릴 수 있게 된다. 내 삶의 무수히 쏟아지는 메시지를 외면하지 않고 받아들이는 것이다. 젊음을 유지하는 것은 몸에 찾아온 변화를 부정하는 것이 아니라, 오히려 적극적으로 인정하면서 변화에 맞춰 삶의 새로운 질서를 찾아가는 것이다.

욕심, 욕망은 현재의 것이 아니라 먼 미래를 바라볼 때 생긴다. 몸은 여기에 있는데 마음이 자꾸 몸과 멀어지니 삶이 괴로워진다. 아리스토텔레스는 현재를 충실히 살아가는 개념을 '에네르게이아'라고 했다. 존재 그 자체로 귀하게 바라봐 주라는 것이다.
사는 시간이 따로 있고 삶을 증언하는 시간이 따로 있다고 한다.

나이 답게가 아닌 나답게

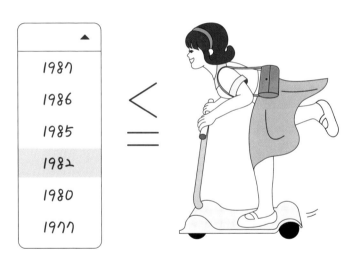

손수 따뜻한 밥을 짓고 설거지를 끝낸 후 따뜻한 차를 우리고, 예쁜 그릇을 찾아 마들렌을 올려놓는 수고로움이 좋다. 추운 겨울이지만 식탁까지 들어오는 따뜻한 햇볕 아래 자리를 잡고 앉아 책을 읽는 그 시간이 행복하다. 유별난 성공으로까지는 아니라 하더라도 일상 위로 쏟아지는 무수한 메시지를 읽어낼 수 있다면 우리는 충분히 삶을 증언하고 있다.

#나이 들어가는 특권

나는 연필 냄새를 좋아했다. 물감이 갈겨놓은 이젤 앞에 앞치마를 두르고 앉은 내 모습이 좋았다. 꽤 오랜 시간 그림을 배웠지만 타고난 재능이 없었다. 재능 넘치는 친구들은 널려있었고, 작품에 대한 비평은 견디기 힘들었다. 그림에 대한 순수한 동경은 금세 식어버렸고 그저 인정받으려 애쓰는 단발머리 소녀가 이젤 앞에 버티고 앉아 있었다. 그래서 미술을 그만두었다.

몇 달 전, 방 한구석에서 먼지 쌓인 채 내버려 둔 붓을 다시 들었다. 잊고 지낸 감성이 되살아났다. 붓이 스케치북을 훑고 지나가는 소리에 마음이 설렜다. 붓이 색을 밀고 나갈 때 전에 없던 새로운 감정들이 덧입어지는 게 느껴졌다.

물의 농도도 못 맞추는 어설픈 실력이었지만 얼굴은 기쁨으로 가득하다. '아, 재밌다!' 목적 없이 순수하게 좋아할 수 있는 것 앞에서는 누구나 아이가 된다는 걸 알았다.

칠순 잔치 때 서예 작품 전시회를 열겠다는 예순을 훌쩍 넘긴 늦깎이 대학생이 떠오른다.
"진짜 멋진 생각이세요. 서예를 어렸을 때부터 하신 거예요?"
"아이고 아니요, 육십 넘어서 배웠어요. 잘하지 못해도 재밌거든. 자녀들에게 엄마가 이렇게 살았다고 보여줘야지. 그래야 걔들도 그렇게 살지 않겠어요?"

하루는 내 생일에 밥을 사시겠다며 한사코 거부하는 나를 끌고 식당에 데리고 가시고선 전단지 한 장을 내미신다.
"교수님, 나 어제 3D 프린터 교육 과정 신청했어요"

얼마나 멋진 일인가. 즐거움이라는 순수한 동기로 시작한 놀이는 삶을 풍요롭게 만든다. 꼭 전문가가 되려고 배우지 않아도 되는 좋은 배움은 나이가 들어서야 부릴 수 있는 여유다. 무엇인가를 배운다는 것은 이전과는 다른 새로운 세상으로 인도한다. 무엇보다 잘하지 않아도 되니 한결 마음 편하게 도전할 수 있다.

자신의 가치를 믿어주는 용기 있는 사람들은 도전을 두려워하지 않는다. '잘할 수 있을까?'라는 고민도 하지 않고 '마음만 먹으면 다 할 수 있어. 다만 지금은 아니야'라고 말하며 현실에서 도피하지도 않는다.

무언가를 새롭게 배우는 일은 즐겁고 가슴 뛰는 일이다. 실수도 많이 하고 힘들 테지만 지금까지 쌓아온 경험과 지식을 잃지 않고도 젊은 시절로 돌아가는 체험을 할 수 있다.

심리학자 아들러는 이렇게 말한다.
"누구나 무엇이든 달성할 수 있다. 지금을 살수만 있다면 말이다."

아닌 것

당신의 나이는 당신이 아니다.
당신이 입는 옷의 크기도 몸무게나 머리 색깔도 당신이 아니다.
당신의 이름도 두 뺨의 보조개도 당신이 아니다.
당신은 당신이 읽은 모든 책이고 당신이 하는 모든 말이다.

당신은 아침의 잠긴 목소리이고
당신이 미처 감추지 못한 미소이다.
당신은 당신 웃음 속의 사랑스러움이고
당신이 흘린 모든 눈물이다.
당신이 철저히 혼자라는 걸 알 때 당신이 목청껏 부르는 노래
당신이 여행한 장소들 당신이 안식처라고 부르는 곳이 당신이다.
당신은 당신이 믿는 것들이고 당신이 사랑하는 사람들이며
당신 방에 걸린 사진들이고 당신이 꿈꾸는 미래이다.
당신은 많은 아름다운 것들로 이루어져 있지만
당신이 잊은 것 같다.
당신 아닌 그 모든 것들로 자신을 정의하기로 결정하는 순간에는

— 에린 핸슨

마흔의 위기 해석

생일이 지난 어제부로 난, 만 나이를 들이밀어도 꿈쩍 않는 마흔이
되었다. 마흔은 여전히 낯설다.

발달심리학자 데니얼 레빈슨Daniel Levinson은 마흔에 들어서면 새
로운 발달 단계가 시작된다고 했다. '중년으로 향하는 과도기'라는
것이다. 이 시기부터는 지금껏 쌓아온 과거를 기반으로 미래에 준
비해야 하므로 다음의 세 과제를 완수해야 한다고 한다.

첫째, 자신의 생활을 돌아보고 자신이 해온 일을 재평가해야 한다.
둘째, 현재의 생활에서 불만족스러운 점을 수정하고 새로운 선택
을 시도해야 한다.

셋째, 젊음과 노쇠, 남성성과 여성성 같은 중요한 주제의 의미를 이해하고 자신의 현실적인 모습을 받아들여 자기 자신을 새롭게 형성해야 한다.

사람들은 40대를 맞이하면서 다양한 문제를 끌어안게 된다. 예전과 다른 체력, 건강 문제, 일과 가족 사이의 충돌, 흔들리는 사회적 지위, 경제적 장벽, 부모님의 건강 악화, 자녀들의 이유 없는 반항, 외로움과 상실감, 죽음에 대한 인식, 불안한 미래의 문제들이 그렇다. 중년으로 접어들면서 이전과 달라진 자신의 주변을 돌아봐야 하는 위치에 선다.

책 『마흔의 위기』에 의하면 40대 접어들면 우울증으로 힘들어하는 사람들이 많다고 한다. 우울증까지는 아니더라도 현실에서 느끼는 좌절감을 극복하지 못해서 술, 도박, 불륜의 쾌락에 쉽게 빠지는 경우도 많다는 것이다. 슬프게도 마흔이 되면 인생이 어느 정도 보이기 시작해서 승리자가 될 것인지 패배자가 될 것인지 선이 그려지는데 패배자로 자신을 인식할 경우 자신감도 상실하게 된다는 것이다.

그래도 기쁜 소식은 자신을 긍정하고 승리자로 인식하면 지금의 자리에서 자신감을 가지고 멋지게 살아갈 수 있다. 결국은 자신을 어떻게 바라보는지에 대한 해석의 차이에서 달라질 수 있는 것이다.

#세 언니의 삶의 방식

댄스테라피 자격증 과정에서 만난 40대 중반의 정아 언니는 누가 봐도 리더십 있는 여성이었다. 가는 몸매와는 달리 허스키한 목소리에서 뿜어져 나오는 시원시원함은 사람들을 따르게 하는 힘이 있었다. 그런데 언니와 친해지고 나서 겉보기와는 다른 언니의 속마음을 알 수 있었다. 마흔이 되었지만 사는 형편은 나아지지 않고, 남편과 불화까지 겪게 되면서 몇 번이고 죽고 싶단 마음을 먹었단다. 그래도 살아야겠다 싶어 무언가에 집중하려 천안에서 서울까지 매주 교육을 받으러 다녔다.

교육 과정이 끝난 후에도 우리 집에서 며칠씩 지내기도 했었다. 하루는 산에 오르는데 언니 남편이 언니랑 가장 친한 친구와 바람난 것 같다고 했다. 언니는 몹시 괴로운 얼굴을 하면서 산을 올랐다. 주변에서 벌어지는 지인들의 불륜 이야기를 쏟아내면서 분노했다. 나는 잠자코 들어주기만 했다. 40대 중반이 되면 외로움에 여자나 남자나 쉽게 사고를 친다는 말을 남긴 채 언닌 집으로 돌아갔고, 일 년 후 세상과 스스로 이별했다.

미국에 있을 때 40대 초반에 파킨슨병 진단을 받고 5년째 투병 생활을 해 오던 한 분을 만났다. 마르고 연약해 보이는 두 손이 멈추지 않고 떨렸다. 그런데도 자가 치유를 위해 약을 드시지 않았다. 그분은 맨발로 1시간씩 걸어서 수영장을 가신다. 보통 우리가 생각하는 그런 수영장이 아니라 시에서 무료로 제공하는 조그마한 야외 목욕탕 같은 공간이다. 그곳에서 2시간 수영하고 다시 불편한 몸을 이끌고 1시간을 걸어 돌아오신다.

캘리포니아의 뜨거운 땡볕 아래 느리게 걷는 동안 얼굴이 새까맣게 그을렸지만 살겠다는 눈빛만큼은 빛났다. 가족들에게 음식을 해줄 수도 없고, 아내로서 엄마로서의 정상적인 역할도 불가능하지만 그런데도 엄마가 삶을 포기하지 않고 긍정적으로 살아가는 걸 보여주는 게 자신이 할 수 있는 최선의 교육이라 하셨다. 그래서 아이들 앞에서는 절대 아프다거나 힘들다는 내색을 하지 않으신단다. 자신도 조금씩 나아지고 있고 분명히 치료제가 나올 것이니 회복될 거라 믿고 계셨다. 이 병을 통해 가족들이 더 뭉치게 되었고 하루하루 최선을 다해 가족들을 사랑할 수 있게 된 것에 감사한다는 말에 감동을 넘어 이분의 삶을 존경하게 되었다.

내게는 40대 중반에 미혼으로 미용실을 운영하는 사촌 언니가 있다. 며칠 전 환자복 차림으로 링거를 주렁주렁 달고서는 익살스러운 표정으로 손가락 브이 한 사진을 보내왔다. 깜짝 놀라서 전화했더니, 그제 대장암 수술을 받았단다. 보통은 암 선고를 받으면 내가 무슨 죄를 지었다고 이런 병이 생기냐며 분노하고, 세상을 향해 저주한다고 한다. 그런데 언닌 한껏 격양된 목소리로 자기는 너무 운이 좋다며 건강검진으로 암을 발견하고 3주 만에 수술했단다. 다행히 다른 장기에 전이는 되지 않았지만 3기라 12번의 항암치료를 받게 될 거란다. 그래도, 두 번째 삶이 시작되었으니 하루하루 감사한 마음으로 지내고 있고, 타고나길 건강 체질이라 선생님도 놀랄 정도로 회복 속도가 빠르단다.

"그동안 쉼 없이 달려온 나에게 휴식을 주기로 했어, 다만 앞으로 너랑 삼겹살 못 먹는 건 아쉬워"
정말 우리 언니답다.

#나에게 무엇을 허락할 것인가?

세 명의 언니들은 내 삶에 제각각의 영감을 던져 주었다. 끝없는 의심과 자기 불안 속에서 힘들게 살아갈 것인지, 아니면 자신에게 다가온 위기 앞에 자신을 믿고 최선을 다해 살아 낼 것인지를 우리는 매 순간 선택해야 한다. 언니들을 통해 위기는 극복하는 게 아니라 해석하는 것이란 걸 배웠다. 인간은 각자 가진 것이 다르다.

같은 강도의 위기라도 그 충격을 이겨내지 못할 사람도 있기 마련이다. 그러나 극복이 아니라 해석이라면 이야기는 얼마든지 달라질 수 있다. 최악의 상황에서도 삶을 포기하지 않고 오히려 감사할 줄 아는 삶이야말로 '인생은 해석'이란 말의 정석 아닐까.

그러지 않기를 간절히 바라지만, 사촌 언니는 생각보다 훨씬 큰 육체적 고통에 허덕일 수 있다. 앞으로 지독한 외로움과도 싸워야 할지도 모른다. 1차 항암 받기 하루 전 언닌 이런 말을 했다.
"한 번도 겪어보지 않은 거라 두려움이 큰 것 같아. 하고 나면 아는 고통이라 2차 때는 견딜 힘이 생길 거야."

어쩌면 나를 비롯해 흔들리는 이 시대의 마흔 들에 주는 용기인 것 같다. 앞으로 더 좋지 않은 상황을 만날 수 있다. 힘들겠지, 아프겠지, 그렇지만 우리를 힘들게 하는 것들에 대해 조금씩 알아 가면 그렇게 두려운 존재가 아닐 수 있다. 그러니 하루하루 최선의 것을 생각하며 살아가자.

영화 〈패치 애덤스〉에서 주인공 패치 애덤스는 환자의 마음을 읽어주고 웃음으로 사람들의 상처를 어루만져 주는 의사이다. 그러나 그가 처음부터 유쾌한 삶을 살았던 것은 아니다. 과거 자살 충동으로 인해 스스로 정신병원 문을 열고 들어간 사람이다. 그는 자신에게 정신병을 선고했다.
"난 구제 불능이야, 문제가 많은 사람이야."

그랬던 그가 정신병원에 수용된 환자들의 고통을 지켜보면서 자기 자신의 문제를 이해하게 되면서, 결국 자신에게는 아무 문제가 없 다는 것을 깨닫는다. 놀랍게도 그는 자기와 같은 처지에 있는 사람 들에게 도움을 주기 위해 의사가 되기로 한다. 패치가 담당 의사에 게 병원을 나가겠다고 하자, 의사는 고개도 들지 않고 대답했다.

"다음 상담 때 이야기하지."
패치가 다시 병원을 나가야겠다고 이야기하자,
"내 허락 없이는 아무도 이 병원을 나갈 수 없어!"
날카롭게 대꾸한다.
그런 의사에게 패치는 단호하게 말한다.
"I don't need your permission. I admitted myself."

이 대사를 듣는데 가슴이 쿵 요동쳤다.
"나는 네 허락 따위는 필요 없어, 네가 뭐라고 하든 나 자신이 그렇 게 하도록 허락했으니까."

삶의 조연에서 찬란하게 주인공이 되는 순간이다. '난 가치 있는 사람이야, 누군가의 아픔을 공유하고 어루만져 줄 수 있는 사람이야, 사람들에게 웃음을 주는 일이 나에게 가장 기쁜 일이야!' 이 모든 건 스스로가 패치에게 허락한 것들이다. 그리고 자신이 허락한 대로 삶을 살아냈다.

자신에게 무엇을 허락할 것인가. 그것을 선택하는 것은 바로 나 자신이다. 문제가 있지만, 그것 자체가 내가 아님을 알고 용기 내어 일어날 것인지, 아니면 남 탓하며 고통 속에서 허우적거리기를 허락할 것인지. 어제의 나는 잊고 오늘부터 새로워질 수 있다고 믿어주자.

정신병원에서의 상황은 변화된 것이 없었지만 그 안에서 패치는 변화를 선택했다. 나도 마흔에 찾아온 위기 앞에서 당당히 이렇게 외치고 싶다.

"그래, 신은 내가 감당할 수 있는 것만 주신다고 했어, 이번에도 나답게 잘해 낼 거야, 즐거운 삶을 위해 힘차게 파이팅!"

브로콜리 표지

몇 년 전 남편은 술 한잔하고선 지하철에 가방을 놓고 내린 적이 있다. 그런데 그 가방이 그냥 가방이 아니었다. 이탈리아 장인이 한 땀 한 땀 정성껏 만든 가방이기도 했지만, 그 안에 세 반의 중간, 기말고사 시험지와 리포트들이 잔뜩 들어 있었다. 학기 말이라 성적 처리를 해야겠다며 기어이 들고나가서는 그 사달이 난 것이다.

지하철에 내리고 난 후 가방이 없다는 걸 확인하고 화들짝 놀라 역 승무원에게 달려가 이야기를 했다. 승무원은 하차 시간을 확인한 후 다음 역으로 무전을 보내긴 했지만 몇 호 칸에 탔는지 알지 못하면 당장 찾기는 어려울 거라고 했단다. 그러면서 지하철 분실물 센터에 전화를 걸어 보라고 하였다. 무려 사흘 동안 잃어버린 아이를 찾아 헤매듯 우리는 가방을 찾기 위해 미친 사람처럼 분실물보관 역과 4호선 역마다 전화를 해봤지만 그런 가방은 본 적이 없다는 감정 없는 응답만 들릴 뿐이었다.

그 사이 남편의 얼굴은 퀭해졌다. 시험지며 리포트를 증빙 자료로 학교에 제출해야 했기에 100명이 넘는 학생들의 시험지를 직접 다시 만들어야 하나 어쩌나 하면서 머리를 쥐어뜯으며 자책했다.

그사이 난 잠시 혼자 TV를 틀어 '삼시 세끼' 예능 방송을 봤다. 그때 이서진 씨가 텃밭에서 이 추운 겨울에 말도 안 되게 브로콜리가 크게 자라났다며 신기해하는 걸 본 순간(보통 수확 시기는 4~6월이다) 이건 '표지標識이다'하는 생각이 번쩍 들었다.

'찾겠다!' 근거 없는 확신이 생겼다. 그리고는 쪼르륵 달려가서 "가방 찾을 것 같아. 우리가 생각지도 못한 방법으로 일이 해결될 거야, 믿어봐. 브로콜리가 자라났다니깐!" 평소에 비관적이고 염세주의 성향을 지닌 남편은 "무슨 브로콜리? 그리고 그런 일은 절대 안 일어나." 말은 그렇게 하면서도 연신 기대를 하며 역에 전화를 걸었다. 그러나 들려오는 대답은 역시 절망적이었다.

그 후 30분쯤 지나서 낯선 번호로 전화가 들어왔다.

보물이 있는 곳
100m 전 ➡

"○○ 교수님이시죠? 여기 ○○학교인데요. 누가 교수님 가방을 발견했다네요. 가방 안에 있는 시험지를 보고 학교로 연락을 주신 것 같아요. 산본역에 맡겨두겠다고 했으니 가보세요."
"오, 하느님 감사합니다."

진짜 가방을 찾았다. 지금도 그때를 생각하면 온몸에 전율이 오른다. 브로콜리 표지가 맞았던 것이다. 그 사건 이후, 그분의 애칭은 브로콜리가 되었다. 어떤 상황에서도 이날을 기억하며 긍정을 잃지 말자고 지어줬다. 핸드폰에도 '브·로·콜·리'라 저장했다.

가끔 답답하고 사방이 꽉 막힌 것 같은 기분이 들 때면 브로콜리를 떠올린다. 가방을 발견하고선 왜 바로 역에 전해 주지 않았을까? 신은 우리가 스스로 감당해야 할 시간이 필요하단 걸 아셨던 것이다. 몸부림치고 용을 쓰고 난 후 힘을 뺄 시간이 필요했다. 진짜 기쁨을 누릴 수 있도록 말이다. 그리고 내가 잘나서가 아니라 여러 사람의 도움이 있었기에 가능했다는 것을 알려주기 위해서였다고 생각한다.

이 칠흑 같은 어둠의 시간이 지나고 광명의 날이 내게도 올까? 연속된 좌절 속에서 허덕이다가 진이 다 빠진 것 같을 때 다시 희망이 솟구친다. 내 인생에서 가장 좋을 때는 아직 오지 않았어. 차가운 흙을 뚫고 브로콜리가 자라나고 있었던 것처럼, 때가 차면 연락이 올 것이다.

#보물이 있는 곳에 도착할 표지

살다 보면 누군가의 말 한마디가, 우연히 지나가다가 본 포스터 한 장이, 책에서 본 짧은 글귀, 영화 대사 한마디 그리고 길가에 흐드러지게 핀 꽃들을 통해서 표지標識를 발견하기도 하고 길을 찾고 있을 때 인생의 나침반 같은 역할을 하기도 한다.

고등학생 때 만난 할머니 강연가를 통해 나도 저렇게 세계를 다니며 강연을 하는 사람이 될 거라는 꿈을 키웠고, 다큐멘터리를 보다가 21살에 '사람들에게 기쁨으로 치유하는 사람이 되겠어'라는 비전을 세웠다.

강의 준비를 위해 펼친 두꺼운 전공 서적에서 본 한 줄의 글에 마음이 뺏겨 절대 안 갈 거라던 대학원에 진학하면서 직업도 바뀌게 되었고 거기서 남편도 만났다. 볼펜으로 눌러 쓴 버킷리스트 '마흔 이전에 외국에서 살아보기'의 활자는 흩어져 현실이 되었고 난 미국에서 3년을 살아보는 기회를 얻게 되었다.

한국으로 돌아와서는 집에 콕 박혀 있는 나를 불러 내 '책 쓰자'라는 한마디를 던진 선배 덕분에 원고를 채워 넣느라 신나게 고생하는 중이다. 점이 모여 선을 이루듯 표지를 따라 걸어온 자취를 돌아보니 헛발질이 모여 우아한 나만의 길이 완성되어 있었다.

우리는 결정하는 존재다. 매 순간 내가 결정하는 대로 점은 찍히고 선은 이어져 간다. 『연금술사』에 이런 말이 나온다.
"보물이 있는 곳에 도달하려면 표지를 따라가야 한다네. 신께서는 우리 인간들 각자가 따라가야 하는 길을 적어주셨다네. 자네는 신이 적어주신 길을 읽기만 하면 되는 거야."

어떤 결정을 내리던 신의 섭리가 작용한다고 생각하면 마음이 편안하다. 결과에 연연하지 않고 과정에 최선을 다할 때 어떤 결과든 결국은 삶에 유익한 형태로 돌아올 것이라 믿는다. 그게 진정 신이 바라는 것이 아닐까?

양들은 목초지가 바뀌거나 계절이 바뀌어도 알아차리지 못한다. 그저 눈앞의 물과 먹이에만 집중한다. 또 눈이 몹시 나빠서 사물을 제대로 인식하지 못한다. 어슬렁거리는 게 사람인지 양인지 늑대인지도 모르고 따라다닌다. 인간이라고 다를까? 눈앞에 보이는 먹고사는 문제에만 매달리다 보면 세상을 보는 시력을 잃고 만다. 보이지 않으니 일상에 불평불만만 가득하다.

『연금술사』에 등장하는 인물 가운데 세계를 떠돌아다니고 싶었지만, 현실에 안주하다가 결국 꿈꿀 용기조차 잃어버린 팝콘 장수나, 변화를 싫어하는 크리스털 가게 주인처럼 자기 합리화를 위한 변명만 늘어놓다 보면 결국 보물을 찾아 나서지 못한다. 우리에게 꿈꾸는 것을 실현할 능력이 있음을 알지 못한 채 말이다.

자연을 통해, 사람을 통해, 때로는 사물을 통해 우리에게 이야기하는 그 길을 읽기 위해서는 들여다보는 민감한 촉이 필요할 할 뿐이다. 이제부터라도 찬찬히 들여다보는 연습을 해보자. 마음이 가는 곳에 보물이 있다고 했으니.

제니를 만나다

대학은 내가 생각했던 것처럼 낭만적인 곳이 아니었다. 부모님에게 상의도 없이 휴학을 해버렸다. 돌아보면 그 시절 뒤늦은 사춘기가 온 것 같다. 보다 못한 엄마는 나를 종교 단체에서 운영하는 캠프에 보냈다. 떠밀려 간 캠프여서 기회를 봐 탈출할 생각이었는데 유머와 얼굴에 사랑이 넘쳐 보이는 수사님이 좋아서 하루 이틀 머물게 됐다. 캠프 마지막 날 팀원들에게 토끼도 잡고 곰도 잡으러 같이 가자고 해서 엉겁결에 "저도 갈래요" 하고 대답해 버렸다. 그날로 언니들이랑 가평에 있는 복지관에 갔다.

내가 배정받은 곳은 지적 장애인 100명이 함께 지내는 곳이었다. 대부분 중증 환자였다. 창문은 창살로 막혀 있었고 실내는 빛이 잘

들지 않아 대낮에도 어둑했다. 거기서 난 산토끼와 곰 세 마리 노래와 율동을 하며 그들과 함께 놀았다. 그제야 토끼랑 곰 잡으러 가자는 수사님의 말을 이해했다. 난 장난감 총을 쏘면 자지러지며 죽는 연기를 했다. 그러면 다들 그렇게 좋아했다. 그 순간만큼은 그들을 괴롭혀온 환시와 환청에서 벗어난 모습을 볼 수 있었다.

당시 예민했던 나였지만 그들과 온종일 몸으로 놀아주고 나면 쓰러지듯 깊은 잠에 빠졌다. '나도 쓸모가 있네' 하고 생각하는 동안 아득해지는 정신을 놓아주면서도 '쓸모'라는 말을 어루만지며 잠이 들었던 기억이 난다.

같이 왔던 언니들은 며칠 뒤 집으로 돌아갔지만 난 남기로 했다. 수사님이 하루는 뭔가를 적은 마분지를 가지고 오셔서 가슴에 달라고 하신다. 그 내용인즉 지금 '이 사람은 지금 묵언 수행 중이니 말을 걸지 말라'라는 것이다. '뭐 하자는 거지?'라고 생각하면서도 일단 달았다. 다음 날 가로세로 30cm가 넘는 십자가를 주면서 24시간 손에서 놓지 말란다. 이 황당한 명령에 난 화장실에 갈 때도 밥을 먹을 때도 심지어는 잠을 잘 때도 놓지 않았다. 시킨다고 하는 나도 참 기이한 인물이었다.

그렇게 3주를 보내면서 차츰 그곳에서 생활하는 분들과도 익숙해졌다. 다른 건 몰라도 정신이 제일 아프신 분들과 같은 상에서 밥을 먹는 일은 무척 고역스러웠다. 그 누구도 가만히 앉아서 밥을 먹는 사람이 없었다. 그런데 그것도 시간이 지나니 할 만했다. 한겨울 장갑도 끼지 않은 채 3시간 동안 티 나지 않는 마당을 쓸었고, 좁은 창고에서 던져진 책을 읽었다.

나는 수사님의 알 수 없는 훈련들을 투덜거리면서도 잘 따랐다. 나도 왜 그랬는지는 알 수 없지만, 이것만은 분명하다. 진심으로 날 아껴주셨다는 것. 20년이 훌쩍 지났지만 지금도 그때 받았던 사랑이, 혼자 덩그러니 태평양 바다에 표류하고 있는 것만 같은 기분이 들 때마다 따뜻한 위로로 다가온다.

시간이 지날수록 삐뚤어졌던 마음은 제자리를 찾아갔다. 누군가로부터 조건 없는 사랑을 받으면서 공허함이 채워진 것이다. 그렇게 6개월이 지나 난 학교에 복학했다.

6개월 사이에 '나'는 전과 다른 내가 되어 있었다. 당시 난 사랑받을 수 없는 존재라 생각했다. 그래서 누군가를 사랑할 수도 없는 존재라 생각했었다. 황폐해진 마음을 끌어안고 무얼 어떻게 해야 할지 서성거리던 중이었다. 가족이 때로는 가장 먼 존재가 될 때가 있다. 그러면 어디에도 마음을 둘 곳이 없다. 스물이 되고 처음으로 고독감이란 걸 느꼈던 것 같다.

그때 수사님을 만나 텅 빈 마음이 따뜻한 온기로 채워졌다. 봉사하며 세상의 쓸모를 배웠다. 나 같은 아이도 누군가에게 진정 기쁨이 될 수 있는 존재라는 것을 그들의 웃음과 감사의 인사를 통해 알게되었다. 티도 나지 않는 언 땅을 쓸면서 '그래도 마당을 쓸고 있는 내 마음을 나는 안다'라는 사실을 배웠다. 누가 보지 않더라도, 어떤 보상이 없더라도 인간은 사랑을 베풀 수 있고, 사랑 그 자체로 베푼 이의 가슴이 가장 먼저 뜨겁게 채워진다는 것을 알았다.

"인생은 초콜릿 상자와 같은 거야. 열기 전까지는 무엇을 잡을지 알 수 없거든."
영화 〈포레스트 검프〉에 나오는 대사다. 주인공 포레스트는 지체 장애가 있는 외톨이였다. 다리에 보조 장치를 달고 다녔던 어린 포레스트를 또래들은 돌을 던지면서 괴롭혔고, 그걸 지켜본 여자 친구 제니는 "뛰어, 포레스트"라고 소리친다. 힘겹게 첫발을 딛고 뛰기 시작했을 때 차고 있던 보조 장치가 하나씩 뜯기면서 날아간다. 누구보다 빨리 달리는 자신을 바라보게 된 순간이었다.

이 장면을 몇 번이고 돌려봤는지 모른다. 포레스트를 지켜주던 보조 장치가 사실은 그의 자유를 구속해온 장애물이었다. 자신을 보호하기 위해 만든 거짓 자존심, 자기 연민, 상처들의 굴레가 벗겨지는 찬란한 순간이다.

포레스트의 유일한 친구 제니의 한마디가 그를 살린 것처럼, 나에게 제니가 되어준 그분 덕분에 세상 밖으로 당당하게 용기를 내 나올 수 있었다.

아. 이런 특별한 사랑을 받았으니 달려보자.
또 다른 누군가를 위해.

Treat yourself kindly

'자존감', '위로', '힐링'이란 이름표가 난무하는 요즘, 결핍을 메우려 떠도는 단어의 수만큼 삶이 쩍쩍 갈라진 이가 많으리라 생각하니 마음이 서늘하다. 따뜻함이 넘치는 것과 따뜻한 말이 넘치는 것에는 상당한 온도 차가 있다. 마음의 체온을 높여주는 따뜻함이 아니라, '말'만 풍요로운 세상은 잔뜩 인스턴트 음식을 먹었지만, 몸에 피가 되지 못하는 것처럼 도리어 외롭게 만든다.

자존감은 자신을 사랑하고 존중하는 마음, 자신을 사랑하고 만족하는지에 대한 자신의 평가라고 한다. 굵은 대나무 살로 촘촘히 짠 소쿠리만큼 자신을 사랑했고 자신을 존중해왔다고 믿어왔다. 그런데 지금 내 삶은 만족스러운가라고 질문한다면.

"글쎄…."

만족하지 못하다고 말하기 망설여진다기보다 지금 만족하면 안 될 것 같다는 표현이 더 맞겠다. 더 성장해야 하는데, 더 성공해야 하는데, 지금 벌써 만족한다 그러면 '도태될 거야'라는 무언의 압박이 목을 죄어온다. 세상은 '더더더…' 라며 나를 부추긴다. 그래야 그의 빈자리에 욕망을 불어넣고 경쟁하고 추구하게 만들 수 있기 때문이다.

자존감. 흔하지만, 함부로 할 수 없고, 꼭 필요하지만 정작 필요할 때 자취를 감춰버리는 어디에나 있으면서도 어디에서도 살 수 없는 말. 그렇다면 어느 정도 지났을 때 자신에게 만족한다고 말할 수 있을까? 내년? 5년 뒤? 자신의 시간이 얼마나 남았는지 모르면서 말이다.

아이들에게 자신을 있는 그대로 자신을 사랑해야 한다고 말하지만, 현실은 자기계발을 부추기고 강요한다. 지금 모습이 좋지 않으니 더 나은 사람이 되는 유일한 방법은 노력. 끊임없이 노력하라는 것이다.

#만다꼬?

그녀는 20대에 좋은 직장을 다니고 있고, 퇴근 후 자기 계발을 위해 잠잘 시간도 없이 열심히 살면서도 늘 자신은 뭔가 부족하다고 말한다. 그래서 주말에 영어 회화 클래스에 등록해야겠단다. 그런 그녀를 향해 "만다꼬?" 불쑥 사투리가 튀어나왔다. '만다꼬'는 부산 사투리로 '뭣 하러?'라는 뜻이다. 그렇게 죽기 살기로 애쓰지 않아도 잘하고 있는데 그렇게 자신을 내몰 것까진 없지 않냐는 거다.

우리가 얼마나 바쁨에 가치를 두고 사는지 보여주는 이야기가 하나 있다. 어느 젊은 변호사가 사무실을 개업했는데도 찾는 이 한 명 없었다. 그러다 드디어 사무실 문을 두드리는 소리가 났다. 첫 고객의 방문에 흥분한 변호사는 잘나가는 변호사로 보이고 싶어서 울리지도 않은 수화기를 귀에 대고서는 잠시 기다리라고 손짓을 보낸 뒤 한참이나 통화를 이어나갔다.

"글쎄요. 지금 저희가 일이 너무 많아서 그 일을 처리할 수 있을지 모르겠네요. 생각해 보고 다시 연락드리죠."
변호사는 수화기를 내려놓으며 고객에게 말했다.
"죄송해요. 그래, 무슨 일로 오셨나요?"
"신청하신 전화선 연결해 드리러 왔습니다."

#자신이 누구인지 기억해 내야 한다

법륜 스님이 말씀하시길, 사람들은 보통 자신을 높이 평가한다고 한다. 자존감이 낮은 사람일수록 오히려 자신을 과대평가하는 경향이 강하다는 것이다. 인정과 칭찬에 굶주린 사람은 자존감이 높은 게 아니라, 실은 낮은 자존감에 대한 보상이 절실한 것이다. 이런 사람들은 자신을 과대평가라도 해서 스스로 만든 이상적인 자신의 환상 속에 안주하고 싶어 한다는 것이다.

스스로 설정한 환상과 몸담은 현실의 괴리가 클수록 자신에 대해 불만족하게 된다. 이런 차원에서 보자면 자기를 사랑한다는 것은, 내가 설정한 환상 속의 나를 포기하는 일이다. '보통의 나'를 인정하면 조금만 노력해도 발전하는 게 눈에 보인다. 거창한 자기 혁명보다, 소소한 일상에서의 구체적인 발전이 자기 능력에 대한 믿음을 키워가는데 구체적인 도움이 된다.

오재은 교수는 우리의 목표는 자신을 변화시키는 것이 아니라, 자신이 누구인지 기억해 내는 데 있다고 한다. 자기 자신에게서 진정한 아름다움을 발견하는 것이 이 세상에 온 목적이다. 지나온 과거의 고통과 상처와 아픔은 자신에게 깃들여 있는 진정한 아름다움을 보지 못하게 방해한다. 스스로 아름답게 느끼지 못하는 사람은 그 어떤 것도 아름답다고 느낄 수 없다. 자신을 존경하지 않는 한

외부의 그 어떤 사람도 나를 존경하지 않는다.

다른 사람에게 관대했지만 나 자신에게는 작은 일에 채찍을 들었고 실수를 용납하지 못했다. 이대로 만족하면서 살면 낙오자가 될 거라고 더 큰 꿈을 꾸라고 했다. 좀 더 열심히 노력하면서 살아라고 했다. 세상에 수많은 사람이 현재를 희생하며 열심히 사는 것 좀 보라며 재촉했다.

사실 지금 이대로 충분한데도 말이다. 우리가 할 일은 바로 마음의 장단을 찾는 것, 다른 사람의 장단에 맞춰 살던 삶을 중단하는 것이다. 마음의 장단에 맞춰 춤을 추는 삶을 살게 되면 인생은 절로 신이 나고 행복할 수밖에 없다.

우리는 '남들에게 친절하게 대해야 한다'라고 배웠다. 실제로 서비스, 친절, 매너 교육을 통해 배울 기회는 널려있고 국가와 사회에 이바지하는 일은 어디서든 배울 기회가 있다. 그러나 나에게 친절하게 대해야 한다는 것은 어디서도 들어보지도, 배우지 못했다. 그러니 나를 아끼고 돌보는 일은 스스로 배워야 한다.

스스로 친절해지기 위한 용감한 방법 12가지

1. 용감해지자. 너의 방식대로 살아라.
2. 기억하자. 너의 결점은 너만의 고유한 스타일이 된다.
3. 매일 너에게 물어라. 성장하기 위해 오늘 나에게 필요한 것이 무엇인지.
4. 너의 감정은 신호이다. 그것들을 들어라. 항상!
5. 거절은 네가 용감한 무언가를 하고 있다는 것을 증명해 준다.
6. 자신을 용서해라.
7. 그만 참아라.
8. 뭔가를 해야 한다고 자신을 달달 볶기엔 인생은 너무 짧다.
9. 서두르는 것은 모든 사람을 비참하게 만든다. 조금 덜 하고 자신의 시간을 갖자.
10. 나를 좋게 여기는 사람들과 팀을 만들자.
11. 타인이 날 어떻게 생각할지 그만 생각하자. 대신에 내가 무엇을 생각하는지 물어라
12. 자신을 옹호해라. 만약 네가 하지 않으면 누가 해줄 것인가?

— The coaching tools company

운 좋은 사람

운이란 하늘의 사랑과 귀여움을 받는 것이란다. 그러고 보면 난 참 운이 좋은 사람이다. 그동안 어려운 일도 있었지만, 그때마다 나를 도와주는 조력자들이 많았고, 착하고 덕이 많은 좋은 이웃들을 많이 만났다. 무엇보다 다정하고 배려심 많은 평생 배필을 만난 걸 보면 말이다.

나는 연애 시절 때 보다 지금 남편이 더 좋다. 연애 3년, 8주년 결혼 기념일을 코앞에 두고 있으니 10년을 이 남자 옆에 있었다. 결혼 전보다는 후가, 같이 산 횟수가 늘어 갈수록 괜찮은 사람이라는 생각이 든다. 물론 남편은 아닐 수 있지만.

연애 시절 침대 위에 누워 한쪽 귀에 전화기를 올려놓고 불쑥 이런 질문을 했었다.

"자기는 앞으로 어떻게 살고 싶어?"

"난 우리 부모님처럼 살고 싶어."

조금의 망설임도 없이 수화기 너머 대답이 들려온다. 여태껏 부모님이 부부 싸움하는 걸 자라면서 한 번도 본 적이 없단다. 실제로 두 분을 만나 뵙고 난 뒤 결혼에 대한 확신을 가질 수 있었다. 어디를 가든 실과 바늘처럼 꼭 붙어 다니시고, 그사이 나도 여러 번 들은 똑같은 레퍼토리를 처음 듣는 이야기처럼 반응하시는 모습에서 서로를 향한 존중이 신선한 바람처럼 내게 다가왔다.

그런데 좋은 환경에서 자란 따뜻한 남자이지만 부산에서 나고 자란 나와 서울에서 나고 자란 이 남자와의 물질적 거리만큼 서로 달라도 너무 달랐다. 모델하우스처럼 모든 것이 정리 정돈이 되어 있어야 평화로운 남자와 스치고 지나간 자리마다 흔적을 남기는 여자. 자기에게 익숙한 대로, 계획된 대로 진행되어야 하는 남자와 모든 게 자유분방하고 늘 새로운 것을 추구하는 정반대의 기질을 가진 사람 둘이 만난 것이다.

난 포도 먹는 법이 있다는 걸 결혼하고 처음 알았고, 즉흥적으로 여행을 갈 수 있다는 걸 남편은 결혼 후 처음 알게 되었다. 그런데도 지금까지 크게 싸우지 않고 유별난(?) 부부애를 유지하고 있다.

그런데 진짜 문제는 작은 것 하나라도 손해 보고 싶지 않아 하는 나와는 달리, 내가 보기에 세상 이런 바보가 없다. 남이 하는 부탁은 거절하지 못하고 일을 도맡아 한다. 그렇다고 대충 하는 법도 없다. 며칠 잠도 안 자고 그 일에 매달려있다. 하루는 친구에게 푸념했더니
"만약 자기밖에 모르고, 남의 부탁을 단칼에 거절하는 남자였으면 네가 좋아했겠어?"

솔로몬도 이 같은 명쾌한 답을 내놓지는 못했을 거다.

#아이언맨 보다 근육맨

하루는 교회에서 인사 정도 하고 지내는 분들이 남편에게 근력운동 배우고 싶다며 우리가 다니는 Gym에 등록했다. 몇 주 정도 지나서 고맙다며 그분들이 돈 봉투를 내밀었다. 내 손은 벌써 돈 봉투를 잡고 있는데 남편은 절대 이 돈을 받을 수 없단다. 하늘이 두쪽 나도 자기 의지를 꺾을 수 없다는 표정이었다. 난 민망해진 손을 최대한 아주 자연스럽게(?) 호주머니에 쑤셔 넣었다. 부글거리

는 속을 간신히 부여잡고 집으로 돌아와서 눈을 치켜뜨며 따져 물었다.

"아니 그 돈을 왜 안 받아. 어쩜 그렇게 남 좋은 일만 매번 하냐?"

그때 결정적인 남편의 한마디

"넌 네가 도움받은 사람들에게 다 돈으로 갚았어?"

"……."

KO. 머리가 띵했다. 이해는 하겠는데, 아! 두둑한 돈 봉투가 며칠 동안 눈앞에 아른거렸다. 그런 내 맘도 모르고 남편은 매일 늦은 시간까지 성의를 다해 가르쳤다. 그래도 늘어나는 근육만큼 미국 생활을 힘들어하던 남편 얼굴이 밝아졌다.

그로부터 얼마 뒤 우리는 이사를 하게 되었다. 짐이 많지도 않았고 가까운 곳에 집을 구했기에 이삿짐을 부르지 않고 둘이서 조금씩 옮겨보기로 했다. 이삿날 아침 문 앞에서 경적이 울렸다. 나가보니 근육맨들이 방긋 웃으며 손을 흔들고 있었다. 어디서 큰 트럭을 빌려와서는, 생전 몸 쓰는 일과는 거리가 먼 분들이 팔을 걷어붙이고 짐을 날랐다. 그 꼴이 얼마나 어설프던지 지나가던 사람들이 보고 웃을 정도였다.

지나가는 말로 뒷마당에서 바비큐 파티를 하고 싶다 했었는데 직원 데리고 1시간 반을 달려가 구해온 야외 테이블과 의자가 도착하고 바비큐 그릴도 두 개가 도착했다. 곧이어 파라솔까지 도착하면서 구색이 갖춰졌다. 새 보금자리에는 좋은 사람들로 온종일 북적였다.

그 뒤로도 고급 레스토랑에도 초대해 주고, 마음이 담긴 선물도 여러 번 받았다. 그뿐 아니라 주위 사람들의 변화된 몸을 보고 운동을 배우고 싶다는 분들이 늘어났다. 실제 몇 분은 정식으로 소개를 받아서 PT 수업도 했다.

"자기야, 우리 미국에서 트레이너 하면서 먹고살아도 되겠어."

하나를 주면 하나를 받아야 하고, 주면서도 받을 걸 생각하며 주는 것은 일시적인 관계를 만들어 낸다. 물론 그때 돈 봉투를 받았다고 해서 관계가 달라졌을 거라 생각하지 않는다. 하지만 당장은 손해 보는 것 같더라도 나누어야 할 때가 있다는 것이다. 주판 튕기듯 손익을 따져가며 살 필요가 없다는 걸 그동안 적극적으로 남에게 도움이 되는 행동으로 덕을 쌓아 온 착한 우리 남편 덕분에 크게 배웠다.

#괜찮은 사람이 되어 갑니다

성장기에는 그 발달 시기에 맞는 배움이 있다. 이제 말을 하기 시작한 아이들에게 바로 곱하기를 알려주지 않는 것처럼 말이다. 때에 맞는 배움이 우리를 성장시킨다. 이미 성인이 된 우리에게도 세상으로부터 배워야 하는 과제가 있는 것 같다. 나보다 나를 더 잘 아는 신이 우리에게 열어놓은 빛나는 보석 같은 경험들을 통해서만 깨달을 수 있는 배움 말이다.

그동안 잘해오고 있던 일들을 내려놓고, 많은 시간과 돈을 들여서 경력에 도움이 되고자 선택한 미국행이었다. 더 넓은 세상에 가서 보고 배워야 했지만, 한국 교회를 다니고 한국 사람들과 어울리면서 한국에서 지낼 때 보다 더 우물 안의 개구리처럼 사는 나를 보았다. 문제는 우물 안이 아니라 거기에 사는 개구리가 행복하지 않다는 것이다. 뭔가 그럴싸한 결과를 내야 한다는 생각에 자신을 무척이나 괴롭혔다.

그러나 나그네 생활을 하는 동안 내가 생각한 것보다 훨씬 더 값진 것들을 얻었다. 조금은 특별하게 살아가는 사람들을 만났다. 이방인으로서 살아간다는 것이 녹록지 않다는 것을 알기에 서로를 애틋하게 여겼다. 드라마에서나 본 캐릭터들이 내 옆에 살아 움직였다. 삼겹살 가게에 가면 내가 고기를 먹지 않더라도 향이 베이는 것처럼 난 좋은 사람들 옆에서 조금은 괜찮은 사람이 된 것 같다. 아무에게나 허락되지 않은 그 특별한 사랑으로 인해 굳이 나를 포장할 필요가 없고, 어디를 가서 누구를 만나든지 사랑받는 사람이라는 자기 확신 말이다.

알지도 못하는 날 위해서 학교 승인을 받기 위해 사방으로 뛰어준 교수님, 허리 아파 누워있을 때 조용히 집 앞에 복대를 두고 간 사모님, 누가 날 힘들게 하면 팔 걷어붙이고 화내시던 이쁘니, 처음 본 날 위해 운전면허 시험 등승자가 되어준 할머니, 라면과 귤이 가득 담긴 봉지를 우리 집 문고리에 걸어두시던 츤드레 옆집 아저씨, 송별회만 한 달 꼬박하며 도망치듯 돌아올 정도로 사랑을 준 고마운 친구들이다. 말로 열거할 수 없을 만큼 지나간 많은 인연에서 받았던 호의 또한 가슴 한 자락을 따뜻이 데운다.

자주 이런 말을 했었다.
"아니 내가 뭐라고 이렇게까지…?"
안다. 그렇게 조건 없이 사랑받은 것은 한없이 이기적인 내가 누군가에게 나도 그 사랑을 베풀어야 하기 때문이라는 것을 말이다.

오늘 나이는, 비 온 뒤 갬

"이솔잎 님이시죠? 아쉽지만 이번에 잘 안되었네요."

"아… 네…."

수화기 너머로 담당 간호사의 무심한 통보가 귓가를 맴돈다. 결혼 후 7년째 매달 '아쉽다'라는 말을 들어야 하는 이 일은 여전히 적응 되지 않는다. 이번에는 잘 될 줄 알았는데, 안 되는 게 이상하다 여 겼는데, 나 대신 태몽까지 꾸었다던 이들도 있었는데….

자연임신이 어렵다는 걸 스스로 받아들이기까지 꽤 시간이 흘렀 다. 생물학적으로 임신이 가능한 상태임에도 불구하고 임신이 되 지 않는 경우를 난임이라고 한다. 우리 부부는 건강했다. 심지어 몇 년 전 검사에서 내 난소 나이는 20대였다. 그땐 이런저런 핑계를 대며 시술을 미루다 지금이 어쩌면 마지막 기회일 수 있겠다 싶어 난임병원을 다시 찾았다.

의사 선생님과의 면담 후 주사실로 갔더니 이름도 외우기 힘든 열 개 남짓한 주사기와 약들을 책상 위에 펼쳐 놓았다. 이게 다 혼자 맞아야 할 주사들이다. 상냥하게 앞으로의 치료 과정과 주사기 사용법을 설명해 주는데 들리지 않았다. 뇌는 자체 음소거를 하는 것 같았다. 이제 시작인데 나는 벌써 흔들리고 있었다.

#이렇게 아픈 줄 알았으면 시작하지 말걸

보름간 매일 정해진 시간에 과배란 주사를 맞아야 했다. 조기 배란 억제 주사 3~4대를 맞고 이삼일에 한 번꼴로 병원에 가서 초음파로 난포 크기를 보고 다시 의사 처방을 받았다. 난포가 더디게 자라고 있지만 그래도 자라고 있으니 다행이다. 그런데 문제는 난포가 커지면서 아랫배도 불러왔고, 그래서인지 소화기관이 제 역할을 못해 몸이 힘들었다. 내가 예민한가? 인터넷은 찾아보지도 않았다. 봐야 무서운 얘기들만 있어서 안 보는 게 차라리 낫겠다 싶어서다.

어렵게 키워놓은 난자를 채취하는 날. 자궁 위치가 좋아서 아프지 않을 것 같다는 의사 한마디로 극소 마취로 선택했다. 그때까지 다들 수면 마취를 한다는 걸 알지 못했다. 그랬다면 생고생하지 않았을 텐데.

전날 밤부터 금식하고 대기실로 들어갔다. 분명 그전까지 아무렇지도 않았는데 옷을 갈아입고 나니 가슴이 미친 듯이 뛰기 시작했다. 이미 시술을 끝낸 후 회복하고 있는 예비 엄마 여러분이 누워 있었고, 마취가 깬 후 고통을 호소하는 소리가 들렸다. 그 사이에 피를 뽑고, 항생제 반응 검사를 하고 혈압을 체크를 했다. 간호사 선생님이 등을 쓰다듬으며, 괜찮다 말해주었다.
"저런 분은 극소수예요."
난 희미하게 미소 지어 응답했다.

차가운 의자에 올라앉자, 내 두 발은 고정끈에 묶였다. 눈을 뜨고 있기 힘들 정도의 밝은 조명과 사람들의 분주한 움직임, 불편한 자세를 그대로 느끼면서 몸은 굳어져 갔다. 혼자만의 외로운 싸움이 시작되나 보다 싶어 눈을 질끈 감았다. 그때 누군가 바르르 떠는 내 손을 꽉 잡았다. 옆에 계시던 간호사 선생님이 싱긋 미소를 지어 보였다. 폭포같이 쏟아지는 위로와 따뜻함에 눈물이 주르륵 흘러내렸다.
"감사합니다"

난포 채취 후 개인실에서 링거를 맞고 있는데 오른쪽 아랫배가 조여왔다. 원래 이렇게 아픈 건가 싶어 참았는데, 도저히 견디기 힘들어 호출 버튼을 눌렀다.

"너무 아파요."

피가 고여서 그럴 수 있다며 마침 담당 의사 선생님이 옆에서 시술 중이시니 전하겠단다.

얼마 후 몇 미터 수술실까지 걸어가는 길이 어찌나 고통스럽던지 하체는 땅으로 꺼지고 상체는 하늘로 끌어당기는 기분이었다. 많이 붓기는 했지만, 다행히 응급상황은 아닌 것 같다며 수액을 하나 더 맞고 한 시간 반 정도 더 누워있기로 했다. 혈관을 통해 흘러 들어가는 수액의 느낌이 선명해질수록 고통은 점점 줄어들었다. 그제야 전날 밤부터 마시지 않았던 물을 15시간이 지나서야 겨우 한 모금 들이켰다.

대기실 밖에서 4시간 동안 꼼짝 안 하고 기다리던 남편이 퉁퉁 부은 얼굴로 주춤거리며 걸어 나오는 나를 보고는 안쓰러워 어찌할 줄 모른다. 배 주사 맞을 때부터 옆에서 제대로 쳐다보지도 못했던 남편은 여러 감정이 휘몰아쳤나 보다. 그러더니 다신 하지 말잖다. 나도 이렇게 아픈 줄 알았으면 절대 안 했을 것이다. 울먹였다. 몰랐으니깐, 진짜 몰랐으니깐 했다.

집에 돌아와 누워있는데 갈수록 통증이 더해갔다. 눕지도, 앉지도 못하고 끙끙 앓았지만, 하룻밤 지나니 한결 몸이 가벼워졌다. 그러나 시간이 갈수록 배는 불러왔고 조금만 먹어도 위가 조여왔다. 만삭처럼 부풀어 오른 배는 횡격막을 누르는지 숨 쉬는 것도 힘들었다. 지하철을 탔더니 자리를 양보해 준다. 웃어야 하나. 그래 웃자. 뻔뻔하게 앉아서 가는 거야.

#아기 만드는 공장

채취 실에서 피를 뽑고 난 후, 난자 채취하던 대기실에 들어가 옷을 갈아입고 잠시 대기하란다. 나와 똑같은 가운을 걸치고 머리를 질끈 묶은 6명이 소파에 둘러앉았다. 게시판에 순서표가 붙여졌다. 난 시험 합격자 발표가 난 그것처럼 내 이름을 뚫어지게 바라봤다. 기분이 어찌나 묘하던지…. 고요한 침묵만이 흘렀다. 잠시 후 정적이 깨졌다. ○○ 님 들어오세요. 그리고 잠시 후 내 이름을 불렀다. 잘 이식되었다는 소리와 함께 이동 침대에 누워 나왔고 이어 다음 예비 산모를 부르는 소리가 들렸다.

'여기는 아기 만드는 공장이구나!'
매일 난임 병원에서 일어나는 일들이다. 얇게 빛이 새어 들어오는 딱딱한 침대에 누워 천장을 올려다보고 있으니 어릴 적 본 공상 영화 한 장면이 떠올라 씁쓸한 웃음이 새어 나왔다. 제일 튼실한 녀석끼리 만나 배양액을 넣어 잘 숙성 시킨다. 거기서도 건강한 녀석들은 살아남고 아닌 녀석들은 죽는다. 그렇게 살아남은 놈들을 5일 동안 곱게 키워놓고선 그중 가장 좋은 놈을 골라 최적의 장소에 정확하게 집어넣어 준다. 여기까지다. 인간이 할 수 있는 건 여기까지다.

이제는 진짜 신의 영역만이 남았다. 그런데 신의 생각과 내 생각은 달랐다. 그동안의 노력과 고통, 설렘, 기다림이 아무것도 아닌 게 되고야 말았다. 부모님께는 뭐라 말해야 하나. 어쩌면 운명은 나에게만 이리도 잔인할까. 얼마나 더 기다려야 하는지. 그동안 쉽게 거저 받은 것들이 많으니 이것도 기꺼이 달게 받아야겠지. 그런데 오늘은 소리 내 크게 울고 싶다. 얼마 지나지 않아 눈치 없이 배꼽시계는 울린다. 그동안 참았던 크림과 팥이 잔뜩 들어간 빵을 한입 크게 욱여넣었다. 내친김에 짜장면도 시켰다.

#비 온 뒤 갬

처음 보는 사람들은 의례적으로 이런 질문을 한다.
"결혼했어요? 자녀는 몇 살이에요?"
셋뚜셋뚜 같은 질문이다.

오늘 나이 ?
☀ ⛅ ☁ ⚡ 🌩 ☔ 🌦 🌬 🌨 ⛄

제목	

	인	생	이	란		게		늘		좋
은		것	만		있	는		게		아
니	잖	아	.							

"자녀는 없어요"

그러면 열에 아홉은 이런 답이 들려온다.

"어머, 죄송해요"

도대체 뭐가 죄송하다는 건지.

자녀가 없으면 죄송해야 한다는 건지, 생전 처음 보는 남들에게 자녀 없음이 죄송함을 주는 거란 말인가. 나머지 열에 하나는 이런 이야기를 한다.

"왜 애를 안 낳아요? 요즘 젊은 사람들은 문제라니까."

집요하게 질문하는 사람들에게 태연한 척 "기다리고 있어요"라며 웃어넘기지만, 일면식도 없는 열성(?) 사회운동가들에게 씹기 좋은 안주를 제공하고 싶지 않다. 말끝마다 애가 없으면 세상을 모른다거나, 나이 들면 애 키우기 힘들다거나 하는 말은 제발 '함부로!', '아무에게나!', '생각 없이' 하지 말았으면 좋겠다.

그래, 나도 어쩌면 사람들이 생각하는 인생 기준표를 문제없이 순차적으로 밟았더라면 이런 말을 쉽게 했을 수도 있겠다는 생각을 한다. 내 안에서 수시로 올라오는 잡음들과 여기저기서 사정없이 날라오는 펀치에 정신없이 터지기는 하지만 '신은 완벽한 타이밍에 가장 좋은 것을 주실 것'이라는 확신은 있다.

아내밖에 모르는 착한 남편, 7년 동안 한 번도 아기 이야기를 꺼낸 적 없는 시부모님, 큰딸 좋아한다고 잔뜩 먹을 것을 싸서 보내는 부모님이 계시니. 이만하면 괜찮은 삶 아닌가.

초등학교 시절 번개를 동반한 천둥이 치고 비가 쏟아져도 소풍 갈 가방을 챙겼던 것은, 내일은 날씨가 갤 거라는 믿음이 있었기 때문이다. 자기 전 하늘을 올려다보며 "내일 날씨 맑게 해주세요"라며 눈 꼭 감고 두 손 모아 기도했던 꼬마가 이제는 마흔이 넘어 색 바랜 일기장을 펼쳐내고 이렇게 써 내려간다.

"오늘 나이는, 비 온 뒤 갬"

2장

여기서 행복할게

놀이는 원초적 본능

헬기를 타고 길이 445.8km, 깊이 1.5km 그랜드 캐니언을 내려다볼 때, 노을이 지는 해변에서 수영할 때, 마라톤의 결승선 테이프를 끊고 들어올 때, 사랑하는 사람들과 저녁을 먹을 때, 해먹에 누워 밤하늘의 별을 바라볼 때, 고속도로를 달리며 목청껏 노래를 따라 부를 때, 그 순간이야말로 삶이 놀이가 될 때다.

인간의 순수성은 놀 때 발현된다. 놀잇거리는 생활 곳곳에 숨어있다. 아이들만이 전유물이 아니라 어른이 되어서도 얼마든지 놀 수 있다. 왜냐하면, 우리는 누구나 뜨겁게 놀아봤던 경험이 있기 때문이다.

어릴 적 해질 무렵이면 누가 먼저라 할 것 없이 동네 전봇대 앞으로 하나둘 모였다. '가위바위보'로 술래를 정한 다음 무궁화 꽃이 피었습니다, 숨바꼭질, 꼬리의 꼬리를 좇아 동네를 시끌벅적하게 뛰어다녔다.

동네에서 철학관을 했던 경희 언니 집에는 큰 마당이 있었는데 거기에 있던 감나무며 봉숭아꽃 은 20년이 훌쩍 넘은 지금도 기억에 선하다. 난 매일 그늘이 드리워진 과일나무 아래에서 살다시피 했다. 거실 통유리 너머 보이는 풍성한 꽃잎과 나뭇가지들을 올려다보며 빨강머리 앤처럼 무한 상상에 빠지기도 하고, 봄이 되면 봉숭아 꽃잎을 한 바구니씩 따서 돌로 빻아 손톱 주변이 시뻘겋게 될 때까지 물들이곤 했다.

약국 뒤 작은 골목에는 다섯 채의 이층집들이 다닥다닥 붙어 있었는데 길 끝 집이 내가 살았던 곳이다. 귀남 언니 집은 골목 두 번째 집이었는데, 언젠가 언니 엄마가 언니를 크게 혼을 내는 모습을 본 후로는 무서워서 언니네 집 문을 열고 들어갈 엄두가 나지 않았다. 그래서 생각한 것이 옥상에서 옥상을 뛰어넘어 다녔다. 기세를 몰아 세 번째 옥상까지 단숨에 뛰어넘어 2층에 있던 언니 방으로 뛰어 들어갔었다.

내겐 그것도 또 하나의 놀이였다. 이름하여 '도전 놀이!' 어른이 된 지금은 하라고 해도 못 한다. 그 아찔한 높이를 어떻게 겁도 없이 넘나들었을까. 세월이 훌쩍 지나서도 기억에 남는 것들은 친구들과 마음껏 창의적으로 상상하며 놀았던 기억들이다.

마흔이 됐지만, 그때의 기억만큼은 여전히 생생하다. 어디에도 구애받지 않고 마음껏 놀았던 덕분에 튼튼한 마음을 잃지 않고 건강한 어른으로 성장할 수 있었던 게 아닌가 싶다.

#호모루덴스

네덜란드의 역사학자이자 문화학자인 요한 하위징아Johan Huizinga는 인간의 본질을 놀이하는 인간이라고 규정하고 호모루덴스 homo ludns라 칭했다. 네덜란드 화가 피터 브뤼겔이 그린 '놀이하는 어린이'를 보면 우리에게 익숙한 50여 가지 놀이를 엿볼 수 있다. 굴렁쇠 굴리는 아이들, 말뚝박이, 공기놀이, 술래잡기, 물구나무서기 하는 아이들을 만난다. 그때는 놀이동산도 장난감도 많지 않던 시절이니 아이들은 본능에 따라 놀았고 새로운 놀이를 만들어 냈다. 이 그림이 약 450년 전쯤 그려진 것이니 시간과 공간을 넘어서 인간의 놀이는 비슷하구나 싶다.

가끔 놀이가 없는 세상은 어떨까 상상하곤 한다. 핏기 없는 얼굴로 지루하고 따분한 일상을 살아가는 사람들이 공간을 채우는 세상. 유머도 없고, 음악도 영화도 예술도 사라진 삭막한 회색빛 일상이 떠올라 끔찍하기까지 하다.

다행인 것은 어린 시절뿐만 아니라 어른이 되어서도 놀이를 즐긴다는 거다. 책을 읽고, 우드 카빙을 하고, 온라인 플랫폼에 접속하고, 스포츠를 즐기면서 논다. 놀면서 어린 시절에 느꼈던 희열을 재연하고 확장하는 것이다.

옥상에 작은 텃밭을 만들었다. 아침에 눈을 뜨자마자 올라가서 매일 물을 주고 관심을 주니 그 보답으로 조금씩 자라 그들의 몸을 내어준다. 잎 한 장 한 장 딸 때의 기쁨 그리고 매일 조금씩 영글어가는 열매를 보는 재미가 크다. 60대 중반인 아빠는 엄마의 구박에도 LP를 모으고 오래된 턴테이블로 음악을 들으며 옛날 감성에 젖어 드는 걸 좋아한다. 누구는 아침에 갓 내린 커피 한 모금 마시며 글 쓰는 걸 좋아하고, 무거운 카메라로 오직 꽃 사진만 찍는 규현이는 꽃에 대해서라면 몇 시간 동안 침 튀기며 이야기해도 지친 내색이 없다. 놀이할 때 살아있는 것 같은 느낌을 받기 때문이다.

놀고 있는 아이를 향해 "왜 이렇게 놀아?"라며 꼬치꼬치 캐묻는 부모는 없다. 재미있으면, 아이가 즐거우면 그 자체가 의미이고 목적이기 때문이다. 학창 시절부터 견제와 경쟁은 한 몸을 입고 있어서, 촉각을 세우고 상대 행위에 목적을 묻는 일은 너무나 당연한 일이었다. 꼭 마흔이 되었다고 해서 이런 태도가 돌변하는 것은 아니겠지만, 그래도 서른을 넘기면서 조금은 삶에 여유가 생긴 탓에 온전히 순수한 동기로써 원하는 일을 하게 되는 이런 경험은 꽤 즐거운 일이었다. 목적도 결과도 연연치 않으며, 순수하게 원하는 것을 해보는 즐거움은 삶을 풍요롭고 아름답게 만든다.

판에 박힌 일상에서 새로움을 발견하고, 우연에 마음을 열고, 엉뚱한 것을 즐기고, 약간의 위험을 감수하면서 즐거움을 찾는 모든 것이 놀이다. 책『플레이, 즐거움의 발견』에서는 놀이의 반대말이 일work이 아니라 우울함depression이라고 한다. 다양성과 도전에 대한 욕구는 무거운 책임감에 짓눌려 버린다. 이러한 삶의 양념이 사라진 채로 시간이 흐르면 무뎌진 영혼만 남게 될 뿐이다.

#놀이는 구제자

마흔은 한번 삐끗하면 회복하기 참 어려운 나이다. 그래서 위기가 닥쳤을 때 모면하기 위해 감당하기 힘들 만큼의 에너지를 써야 한다. 마흔에 흔들리는 사람들을 위해 놀이를 자신에게 허락해 보라고 말하고 싶다. 안을 바꾸는 것은 어렵지만 밖을 바꾸는 건 방문만 열면 할 수 있을 뿐 아니라, 그 즉시 긍정적인 에너지가 텅 빈 마음에 차오르는 걸 느낄 수 있다.

배낭 하나 의지해서 세계 일주를 떠나야 얻을 수 있는 것만은 아니다. 입에 거품 물때까지 뛰는 마라톤 풀코스에 도전해야 하는 것도 아니다. 외국어, 요리, 댄스, 유화, 캠핑… 등 셀 수 없이 많은 주변의 가능성에 도전하면 된다. 자신의 즐거움에 적극적으로 동참하는 것만으로도 놀이가 정체된 삶을 깨뜨리는 바늘 같은 자극이 된다.

하버드대학의 조지 베일런트 박사는 50대에 인생에 가장 성공적으로 적응한 사람들은 놀이 시간이 길고, 그렇지 못한 사람은 놀이 시간이 아주 짧다는 것을 발견했다. 피터츄 기자는 '중년의 위기가 가장 아슬아슬하게 고조되는 시기에 놀이는 우리가 이 위기를 성공적으로 통과할 수 있게 해주는 열쇠'라고 했다.

그러니 놀이는 있어도 되고 없어도 되는 게 아니다. 우리 사회의 정신건강이 극도로 나빠진 것은 바로 놀이의 결핍 때문이다. 인위적으로 기분을 고양하기 위해, 지쳐 쓰러질 때까지 술 마시고 노래 부르는 것을, 찜질방에서 달걀을 까먹으면서 수다를 떠는 것만을 잘 노는 것으로 생각한다. 순간을 즐기고 망각하고 소모하는 데 목적이 있는 유흥과 놀이는 다르다. 놀이는 이 순간의 즐거움을 통해 건강하고 아름답고 건강한 당신의 내일에 에너지를 공급해 준다. 놀이는 에너지이고, 순환이기 때문이다.

난 놀이가 지금의 불행을 구제할 수 있다고 본다. 어릴 적 놀이를 하면서 밥 먹는 것도 잊을 만큼 푹 빠져서 즐거웠던 그 감정들 말이다. 놀이에는 마법 같은 힘이 있어 시시껄렁하거나 유치해 보이는 일이라도 궁극적으로 유익한 작용을 한다. 비생산적인 활동이 사실은 생산성을 끌어올리는 촉매제 역할을 하기 때문이다.

나이가 들수록 내 존재는 직장에서의 위치, 가족 안에서의 관계로 확인된다. 그러나 이 위치와 관계는 늘 변한다. 엄마, 아내로서의 존재도 늘 좋지만은 않다. 이리저리 치이고 힘들 때 나를 구원해 줄 수 있는 것은 놀이를 통한 기쁨의 회복이다.

건빵 하나, 별사탕 하나

이 비좁은 나라에 5,000만 명이나 복닥거리며 살다 보니 무한 경쟁 속에 내몰린다. 그러다 어른이 되면서 자연스레 즐거움의 감각 능력을 상실하게 된 것이다. 과정이 아니라 보상의 결과를 따지게 되고, 생산성과 효율성의 잣대를 들이댄다. 가끔 놀다가도 지금 내가 이렇게 시간을 보내도 되나 싶어진다. 즐거움은 죄스러운 것이라 여겨, 삶 속에 즐거움이 덜할수록 우리는 더 나은 사람이 될 거라는 믿음에서 자란 고약한 관념이다.

내가 자주 가는 식당에는 정수기 위에 늘 건빵이 놓여있다. 가끔은 주인장의 손맛보다 이 건빵이 먹고 싶어 갈 정도로 별미다. 어렸을 적부터 건빵 사랑은 유별났다. 건빵 한 봉지 사 들고서는 제일 먼

저 별사탕을 봉지를 꺼내 든다. 그때부터 난 퍽퍽한 건빵을 다 먹고 난 뒤 아껴둔 별사탕을 먹을지, 색깔 별사탕을 다 먹고 건빵을 먹을지 고민에 빠졌다.

별사탕을 아껴두기로 한 날이면, 먹고 싶은 걸 참아가며 고이 모셔둔 귀한 별사탕을 동생이 홀라당 먹어치우기 일쑤였다. 원통해 해봤자 늦었다. 가끔은 동생 눈을 피해 꼭꼭 숨겨두고는 까맣게 잊은 채, 어느 날 고대 문물이 된 별사탕을 발견하곤 했다. 아끼다가 똥 된 것이다. 이처럼 미래를 위해 현재를 희생해 가며 살기만 한다면 애먼 놈이 와서 내 행복을 가로채 버린다. 다음에 기회가 되면 즐겨야지 미루어 두었는데, 놀이 감각을 잃어버렸거나, 돈도 건강도 다 잃어버리게 되면 이처럼 세상 억울할 일이 어디 있을까.

그렇다고 별사탕을 먼저 다 먹어치우고 난 후, 입안에서 퍼질러지는 건빵만을 먹는 게 여간 힘든 일이 아니다. 이처럼 해야 할 일을 미루고 무턱대고 놀고 보는 철부지도 건강하지 못하다. 그러면 어떻게 먹는 게 좋을까. 제일 좋은 건 건빵 하나 먹고 별사탕 하나 먹고, 번갈아 가며 먹는 게 가장 건빵을 맛있게 즐기는 방법이다. 이렇듯 열심히 일하고 난 뒤에는 세상 달콤한 시간을 자신에게 허락하며 살아야 한다.

여기에 어떤 매뉴얼이나 규범도 없다. 그동안 끌려왔던 것들을 찾아 나서는 수고로움이 좋은 경험을 만들어 낼 수 있다. 퇴근 후 테니스를 치는 것도, 아로마 오일 몇 방울 떨어뜨린 반신욕을 즐기는 것도, 가족이 함께 저녁 식사를 준비하는 것도, 와인을 홀짝거리며 음악을 듣는 것도 단순히 쉬면서 시간을 보내는 것이 아니라 실재하는 방법이다.

단조로운 일상과 바쁨의 지배에서 벗어나 틈 속에서 자유를 만끽하는 여백의 시간이 여가다. 차분히 자신을 돌아볼 수 있는 인간이 지속 가능한 삶을 영위하는 데 필수적이다. 음악이 아름다운 것은 음표 사이의 쉼표 때문이라고 한다. 쉼과 함께 재충전이 될 때 삶의 균형을 맞추어 나갈 수 있다.

수영복은 예뻤다

자기만의 놀이를 선택할 때 나름의 동기를 가지고 시작한다. 자기 표현의 기회를 얻고 싶어서, 새로운 것을 배우고자 하는 욕구 때문에, 자격증을 따기 위해서, 또는 남들에게 멋있게 보이기 위해, 성취감을 느끼기 위해 시작할 수 있다.

놀이에서 그저 재밌을 것 같아서 자발적으로 시작한 내적 동기는 참여자들에게 자유감을 높여 다른 어떤 동기보다 오래도록 그 활동을 지속할 수 있게 만든다. 자발적으로 선택한 놀이는 즐거움, 휴식 그리고 자기계발 요소가 숨어있기 때문이다.

어떤 환경에서도 매일 달리기를 하는 사람이 있다. 이 사람의 달리기 습관을 망치기 위한 간단한 방법이 있다. 달릴 때마다 보상하는 것이다. 예를 들어 달리고 올 때마다 천 원씩 주는 것이다. 처음에는 공짜 돈이 생겨서 기분이 좋다. 그런데 매번 보상이 반복되면 어느 순간 순수한 즐거움을 위해서가 내가 이깟 돈 때문에 뛰는 건가 하는 생각이 들게 되고 화가 나서 더는 달리지 않는다. 이렇듯 내적 동기로 시작한 일이라도, 동기가 내부에서 외부로 넘어가게 되면 자신의 행위에 대한 자발적 보람을 잃어버리게 된다.

#지속적인 놀이

내가 배운 기술 중에 가장 쓸모 있고 삶을 즐겁다 못해 풍요롭게 해주는 놀이는 바로 수영이다. 신혼 때 야식을 생활화하면서 걷잡을 수 없이 불어난 몸을 빼기 위해 수영을 배울 때였다. 나름 반의 에이스였기에 늘 첫 번째 주자는 내 몫이었다. 그날도 회원분들과 기분 좋게 인사하고 앞에서 출발을 알렸다. 그런데 처음 온 친구가 월등한 실력으로 앞을 치고 나오는 게 아닌가. 순간 긴장이 되면서 내 자리를 지키기 위해 필사적으로 팔을 휘저었다.

강습이 끝나고 한동안 맥없이 풀린 다리를 부여잡고선 한동안 샤워기 물줄기를 맞으며 서 있었다. 돈 주고 산 벼슬자리도 아니면서 자릴 안 뺏기려고 왜 그렇게 쓸데없는 욕심을 부렸을까. 평온했던 내 마음에 돌을 던진 이름 모를 그 친구가 미워지기까지 했다. 유치하지만, 사람이 원래 유치하다. 별것 아닌 일에 삐지고, 사달을 내는 게 사람이다.

살을 빼고 체력을 기르기 위해 시작한 수영이다. 내가 좋아서 시작한 운동인데, 괜한 경쟁의식에 휩쓸려 수영의 재미를 잃을 수 있겠다 싶었다. 내 실력을 뽐내기 위해서도, 남들에게 인정받기 위해서 시작한 것은 아니지 않는가.

다음 날 아침 기분 좋게 "자기가 이 자리에 서"라고 말한 뒤 앞자리를 내어줬다. 자존심 상했냐고?
"No!!!"

마음을 달리 먹으니 그렇게 홀가분할 수가 없다. 유치한 인간도 한 번이면 족하다. 마음을 바꾸고 나니 서먹할 뻔했던 사람과 좋은 관계를 만들 수 있었고 무엇보다 수영을 즐겁게 오래오래 계속할 수 있었다.

감사하게도 난 초등학교 때부터 집에서 20분가량 차를 타고 가야 하는 곳에 있는 수영장에서 동생과 함께 수영을 배웠다. 그때 당시에는 수영장이 많지 않았고 배우는 친구들도 많지 않을 때였다.

2살 터울 동생은 어려서부터 나보다 5cm나 더 컸다. 사람들은 키 큰 동생이 언니인 줄 알았다. 그런 얘긴 마흔을 넘긴 지금 들어야 하는 건데. 그럼 이 우월하고 아름다운 미소를 발산하며 우쭐거렸을 텐데 말이다.

동생과 같이 시작한 수영 초급반에서 동생이 나를 앞서 나가기 시작했다. 자세도 좋으니 속도도 빨랐었다. 수영장 2층 매점에서 지켜보던 엄마는 동생만 칭찬했다. 내 감정은 생각해 주지 않는 무심한 엄마에게 서운했다. 동생은 중학교에 들어가면서 수영을 그만 뒀다. 그래도 난 수영을 쉬지 않았다. 실력이 늘면서 수영 그 자체의 매력에 빠졌고, 진정 수영을 좋아하게 되면서부터 자발적으로 수영장을 다녔다. 그 꾸준함은 대학생이 되어서도 변하지 않았다.

사실 난 수영에 재주가 없었다. 같이 시작한 친구들에 비해 진도가 느렸지만, 꾸준히 하면서 누군가를 가르칠 만큼 성장할 수 있었다. 처음부터 잘하는 것도 있지만 노력해도 분명 더딘 게 있기 마련이다. 그런데 생각해 봐야 할 것은, 잘하고 못하고를 떠나 내가 이걸 원해서 하는지, 그렇지 않은지 구분해 봐야 한다. 재밌어서, 잘하고 싶어서 하는 마음이라면 타인과 경쟁하려는 마음을 내려놓자. 성장의 기준을 나 자신에게 맞추고 과거의 나에 비해 현재의 내가 얼마나 성장했는지에 관심을 두면 된다. 왜? 이건 놀이니까. 놀이

할 때조차 자신을 닦달하고 주위 사람과 비교하면서 어떻게 행복해질 수 있겠는가.

선수를 할 게 아니라면, 수영복 이쁜 거 세일할 때 사서 기분 좋게 물에 들어가면 된다. 발차기부터 한다고 주눅들 거 없다. 아무리 맥주병 같은 몸도 시간이 지나면 인어공주 흉내라도 내게 된다. 지속적인 놀이는 나를 더 풍요롭게 살도록 이끈다는 것을 기억하자.

세상 오래 살고 볼 일

조카 하은이는 초등학교 6학년이다. 다이어리 생일을 알리는 알림 창이 떠서 전화를 걸었다.

"하은아 이몬데, 오늘 생일이지. 갖고 싶은 거 없어?"

"버터, 버터면 될 것 같아"

생일 선물로 버터를 원하는 초딩이라니. 웃으며 버터 한 덩어리를 쇼핑백에 고이 담아 동생 집으로 갔다. 조카는 코로나19로 학교를 못 가게 되면서 새로운 놀이가 생겼다. 베이킹에 푹 빠져서 카스텔라, 마들렌, 식빵, 케이크, 스콘, 쿠키, 브라우니 거기에 마카롱까지 유튜브를 보면서 직접 만든다. 재부는 진짜 맛있게 잘한다며 연신 딸 자랑을 해댄다.

하은이 덕분에 집 구석구석 버터 향이 베이고 식탁에 모이는 일이 많아졌다. 주방을 둘러보니 외할머니로부터 선물로 받은 오븐도 한자리 차지하고 있었고, 각종 베이커리 재료들과 도구들로 캐비닛 한편에 빼곡히 쌓여 있었다.

이모 왔다고 손수 마들렌과 마카롱을 만들어 주겠다며 어깨를 들썩거렸다. 동생은 그동안 뒤처리한다고 힘들었는지 한숨을 크게 내쉰다. 재료 정리며 설거지는 조카가 하지만 그래도 떨어진 밀가루며 버터가 바닥에 덕지덕지 붙어 있으니 마무리는 어찌 됐건 동생 몫이다.

옆에서 지켜보니 재룟값도 만만치 않겠다. 버터, 달걀, 설탕, 아몬드 분말, 밀가루, 식용색소들이 곳곳에 널브러져 있었다. 주방에서 숨바꼭질한다고 술래 피해 숨어 있던 휘핑기와 짤주머니, 오븐 판, 각기 다른 볼들이 한 놈 잡혔다는 소식을 들었는지 순식간에 우르르 나와 주방을 점령했다. 설 곳을 잃은 나는 동그랗게 떠진 눈으로 하은이의 눈동자를 내려 보며 말했다.

"하은아, 재밌어?"
"그럼, 무지 재밌지."
동생이 한마디 거든다.

"뒷정리는 까맣게 잊을 만큼 재밌데, 누굴 닮았는지 몰라."

하은이가 아주 아기였을 때부터 사람들은 엄마보다 이모인 나를 더 닮았다고 했다. 점점 커가면서 기질도 나랑 똑같다고 그러더니 역시 재미가 뭔지를 알고 재미를 위해서 수고를 아끼지 않는 성격까지 날 똑 닮았다.

이모부 가져다주라며 굳이 괜찮다고 하는데도 별스럽게 하나씩 개별 포장한 뒤 갈색 종이봉투에 '하은's Bakery'라고 쓰고 그림까지 그려 넣어 담아주는 섬세함에 속이 달달해진다. 이 모든 게 아이에게는 놀이다. 조금씩 모은 용돈을 털어 재료를 살 때부터 놀이가 시작된다. 매일 베이킹만 할 수 있다면 몇 달 동안 밖에 안 나가도 좋을 정도로 재밌는 놀이다.

나에게도 최근 새로운 놀이가 생겼다. 불과 몇 년 전까지만 해도 상상도 못 했던 글쓰기다. 어렸을 적에 제일 싫어했던 숙제가 일기 쓰기였고, 독후감을 쓰기 위해 산 200자 원고지를 앞에 두고 하기 싫어 엄마 잃은 아이처럼 운 적도 있다. 옛말에 '사람은 오래 살고 볼 일이다'라더니. 딱 지금의 나를 두고 하는 말 같다. 내가 글을 쓰고 있고 책을 준비하고 있으니 말이다. 소설가 김연수 씨는 이 세상에서 제일 재미있고 신나는 일이 새 소설을 쓰기 시작할 때란다.

아직 그 맛까지 모르지만, 글쓰기는 세상 재밌는 일들을 잠시 제쳐놓아도 좋을 만큼 일상의 즐거움이 되었다. 각진 무를 자르듯 투박한 글을 쓰면서도 사람의 말과 관계의 흐름을 읽어보려는 능력이 생겼다고 할까, 평범했던 일상들 가운데 보지 못한 무언가를 문득문득 찾아내게 되고 그것이 신기해 종이로 옮겨놓는 그런 희한한 일을 하고 있다.

앙드레 지드는 '자두를 보고도 감동할 줄 아는 사람'이 시인이라 했다. '자두가 자두지 뭐' 했던 내가, 시인의 문장을 본 후 식탁 위에 놓인 자두 앞에 우둑하니 멈춰 섰다. '자두…라' 관심을 가지고 보니 흔해서 보이지 않던 것이 그제야 눈에 들어온다. 존재하지만 관심을 두지 않으면 사물은 존재하지 않는 것과 다름없었다.

쓸 거리가 있어서 글을 쓰는 사람이 있는가 하면 쓰고자 글감을 애써 찾는 사람도 있으리라 생각한다. 후자를 두고 소질이 없네, 창의성이 없네, 생각할 수지 모르지만, 소설가의 삶을 슬쩍 들여다보면 꼭 그런 것 같지만도 않다.

창작자라고 늦가을 익은 감이 절도 뚝 떨어지듯 글감이 알아서 굴러들어오는 일은 흔치 않다. 그들은 익숙한 공간에서 낯선 이야기를 찾기 위해 귀를 쫑긋 세우고, 눈을 동그랗게 뜨며, 무엇에도 감동할 준비를 하고 세상을 들여다본다. 작가 박웅현 씨는 '見(견)'을 하려면 시간을 가지고 봐줘야 한다. 그렇게 시간을 들여 천천히 바라보면 모든 것이 다 말을 걸고 있는데 우리는 들으려 하지 않는다'라고 말한다. 우리가 보지 않으니 그들이 하는 말을 들리지 않는 것이다.

나 같은 나부랭이도 글을 쓰게 되면서 그전까지 볼 수 없었던 것들이 보이기 시작했다. 이게 내가 요즘 글쓰기의 재미에 푹 빠진 이유다. 보지 못한 것이 보인다는 것은 내가 살아보지 못한 세상을 더 넓혀가며 살아본다는 말이다. 낯선 것은 여행만이 아니다. 일상 가운데 낯선 순간을 맞닥뜨리는 순간 우린 발견의 기쁨을 맛보게 된다.

그리고 글을 쓰면서 '내가' 어떤 '성분'으로 '조합'되어 왔는지 내 성분의 역사에 관해 확인할 수 있었다. 글쓰기는 단순한 발견이란 차원을 넘어 나를 완전히 뒤집고, 비벼 빨면서 원래의 내가 어떤 색감의 인간이었는지를 찾아가는 과정이기도 했다.

글을 쓰다 보면 예전 이야길 자주 하게 된다. 잊고 있던 기억과 감정들을 복기해가면서 여러 감정이 교차함을 느낀다. 더욱 재미있는 건, 머릿속에서 그때 당시의 공기 냄새, 사람들, 예민한 감정이 한대 엉클어져 떠오른다는 것이다. 이 감각은 뭐랄까, 현재에서 과거를 들여다본다는 감각이 아니라, 그냥 그 시절을 다시 한번 현재에서 겪는 것처럼 생생하기만 하다.

#나는 글을 쓴다

아기들의 걸음마는 부모나 주변 사람들의 감탄이 없었으면 불가능했을 것이다. 부모들은 자기 아기들의 조그만 움직임에도 크게 기뻐한다. 전 세계 엄마들은 아기들과 소통할 때 공통으로 아기 말투 baby talk를 사용한다. "아이고, 내 새끼 걸었어요", "멋져요, 잘했어요" 등의 특유의 말투로 아이를 자극하면 아기들은 기뻐하는 부모들의 반응이 재미있어! 더 팔다리를 휘적거려 앞으로 나아간다.

내게도 옆에서 응원해 주고 별것 아닌 글에도 "잘했어요. 좋은데요"라며 엄지 척! 들어주는 동지들 덕분에 어제보다 1센티라도 더 기어갈 수 있게 되었다. 글쓴이의 마음을 주고 읽는 이의 마음의 돌려받는 매체가 글이자 책이란 생각을 한다. 글을 통해 나와 연결되는 사람들은 소소하게 따뜻하고 듬직하게 믿어주고, 뜨겁게 호응해 준다. 이들의 응원이 오늘도 글을 쓰게 되는 이유가 된다. 일상 가운데 새로운 이야기를 찾게 만드는 의지가 생긴다.

내 글은 밥벌이 용이 아니다. 그래서 크게 스트레스 받지 않으려 한다. 쓰는 게 즐겁다. 즐거운 일을 할 때는 시간이 빨리 간다. 하루에 몇 시간씩 모니터 앞에 앉아 글을 쓰는 내가 참 좋다. 비록 눈이 뻑뻑해지고 엉덩이가 찐빵같이 퍼지는 부작용이 있을지라도, 도무지 수습될 기미가 없던 문장의 아귀가 맞아들어갈 때는 탄성을 지르게 된다.

몸의 혹사가 반드시 좋은 결과를 보장하는 건 아니다. 빵을 만들 때도 버터 조절에 실패할 때가 있다. 글도 그렇다. 몇 시간을 고쳐 쓰고도 도저히 이 무슨 해괴한 맛인지 진저리가 날 때도 있다. 어떤 날은 생각은 많은데 글이 각자도생하겠다며 종이 위에서 제멋대로 날뛰는 꼴을 보면서도 어찌 손을 대야 할지 몰라 지켜만 보고 있을 때가 있다. 전파를 잡지 못해 끊겼다 이어지는 라디오는 툭툭 치면 다시 제소리를 내기라도 하지만, 글이 안 써질 땐 고장 난 내 머리를 벽에 받아서라도 생각이 정리됐으면 했다.

으레 그럴 때면 조용히 노트북을 덮고 책장에서 눈에 걸리는 책 한 권 뽑아 들고 예쁜 제과점 카페를 찾아간다. 보기에도 황홀한 예쁜 녀석들을 보고만 있어도 기분이 좋다. 그중 한 놈을 집게로 집어

쟁반에 내려놓은 후 진한 아메리카노를 주문한다. 그렇게 두세 시간 책을 읽고 나면 신기하게도 나를 뒤덮고 있던 무거운 어둠이 걷히고 가벼워지는 게 느껴진다. 그럼 다시 시작하는 것이다.

#꼰대 사절

마흔이 대순가, 우리 자신은 얼마든 원하는 모습으로 성장할 수 있다. 사람들은 나이가 들면 잘 바뀌지 않는다고 한다. 늘 하던 일을 하고, 가던 곳을 가고, 새로운 시도를 하지 않는다. 아는 것에만 완고해져 틈을 주지 않는다. 자신의 틈을 내어주고 섞이기를 싫어하는 사람은 뭐든 튕긴다. 그런 존재를 일컬어 꼰대라 한다.

10월의 어느 멋진 하늘은 8월의 지겨운 장마 끝에 볼 수 있듯이 무언가에 도전한다는 것은 불편함을 기꺼이 껴안고 가겠다는 삶의 태도다. 새롭게 배우고 익히고 섞인다는 것은 불편할 수밖에 없다. 난 조금은 불안한 설렘이 좋다. 조금씩이라도 앞으로 나아가는 삶을 원하기 때문이다. 좀 편해지자고 삶의 이처럼 소중한 기쁨들을 눌러놓고 사장 시켜버리느니 차라리 좀 불편하더라도 뜨겁게 살아보려는 태도가 백배는 낫지 않을까.

아내에게 웃음을 주기 위해 매일 유머 한 가지씩 들려주다 보니 어느새 CEO들 유머 코치가 된 규상 씨. 그는 아내를 위해 꾸준히 유머를 하다 보니 재치 넘치는 남자로 변신했다고 한다. 이를 굳이 뇌의 신경 가소성까지 들지 않아도 충분히 이해가 되고 남는다.

〈브레인〉 편집장인 장래혁 씨는 눈에 반짝거림이 없어지는 순간 뇌 기능은 쇠퇴한다고 한다. 뇌가 싫어하는 것은 자극이 없는 상태인데 신경망에 아무런 변화를 가져오지 않기 때문이라고 한다. 몸을 단련하는 운동에서부터 무언가를 배우고 학습하는 과정, 사람과의 유기적인 관계 형성에까지 이 모든 것들이 새로운 신경망에 변화를 만들어 낸다. 많은 경험이 중요한 것도 지식 정보보다 체험 정보가 새로운 시냅스 형성에 훨씬 유리하기 때문이다.

이는 마흔에도 변화는 일어날 수 있다는 것을 보여준다. 더는 이런저런 핑계로 미루지 말고 저질러 보는 거다. 겉만 봤을 때는 초록 괴물 헐크인 줄 알았는데, 알고 보니 세상 달달한 반전 매력을 가진 마블리처럼 귀염둥이일 수도 있다. 그것도 아니라면 그 괴물을 친구 삼아 버려 나를 다른 무시무시한 것에서 지켜주게 만들어 주면 될 테니.

힙한 마흔

며칠째 거울을 째려보며 머리카락을 접었다 폈다 꼬았다 풀었다 해보지만 영 마음에 들지 않는다. 몸이 근질근질한 걸 보니 미용실 갈 때가 되었나 보다. '여름도 다가오는데 탈색이나 해볼까?' 파란 하늘, 작열하는 태양, 형형색색 활기 넘치는 색감이 넘실거리는 거리를 떠올리며 빛을 담아 넘실거리는 내 긴 머리를 생각했다. 순간 공간이동! 이미 내 몸은 푹신한 의자에 파묻혀 헤어디자이너의 손길을 기다리고 있다.

"블루로 해주세요."
요놈의 발칙한 생각 때문에 엉덩이가 고생이다. 컬러를 입히기 위해서는 먼저 색을 빼야 한다. 검정을 싹 빼고 난 뒤 머리카락에

색을 입혔다. 그런데 블루도 크리스털블루, 코발트블루, 다크블루, 아쿠아블루. 아메리칸블루, 네이비에 이르기까지 여러 이름을 가진 블루가 있다는 걸 잠시 후 펼쳐질 광경을 묵도한 뒤에야 알았다.

염색이 끝났다. 머리를 감고 자리로 돌아와 수건을 감싼 머리를 풀었다. '어!' 하는 외마디가 뇌를 거치지 않고 나왔다. '내가 원한 건 이게 아니라고!' 보랏빛이 살짝 도는 어두운 블루를 원했던 내 머리는 청명한 하늘 아래 넘실대는 쪽빛 제주 바다 색을 입고 있었다.

별의별 블루가 다 있다는 걸 알았을 때, 조심했어야 했다. 대화 중 오해가 있었던 것인지, 염색약이 유독 내 머리카락에만 예민하게 반응한 것인지는 모르겠다. 중요한 건 내가 원한 색이 아니었다는 것이다. 디자이너는 당황한 기색이 역력했다. 금방 물이 빠질 거라며 황급히 머리를 비비며 말려보지만, 당분간은 이 머리로 살아야 한다는 건 그도 나도 이미 인정할 수밖에 없는 사실이었다.

다행인 것은 내가 타인의 시선을 크게 의식하는 성격은 아니라는 것이다. 튀는 것에 그리 민감하게 반응하지 않는다. 내가 좋으면 그냥 한다. 내가 튀는 것이 아니라 지극히 평범한 그들이 날 그렇게 본다. 그런데 이건 좀 심하다.

마흔 넘어 새파란 머리를 하고 있자니 등에서 식은땀이 흘렀지만, 가만히 생각해 보면 이것도 기회다 싶었다. 언제 이런 머리 스타일을 또 해볼까. 그래서 뻔뻔해지기로 했다. 남들이 뭐라 건 이대로 잠시 살아보기로 했다. 뭐 평생 이 머리로 살 것도 아니니.

'그래, 아무것도 아닌걸. 예술은 실수에서 비롯된다잖아.'
앞으로 살면서 이런 재미를 느낄 새나 있을까. 하나의 존재로서 살아가는데 무관심보다야 내 존재에 대해 반응해 주는 비난이 낫지 않나.

이 글을 읽는 독자를 위해 내 상태에 관해 설명하자면 머리통이 온통 제주 빛은 아니었다. 요즘 유행한다는 이어링 염색이라는 것인데, 귀 옆을 시작으로 뒤통수를 가로질러 하단 3분의 1만 파란 물에 담갔다 뺐다.

처음엔 정말 꿈인가 생시인가 했지만, 한 이틀 지나니 이젠 눈에 익는다. 봐줄 만하다. 남들은 일주일이면 다 빠진다는데 난 한 달 지나도록 여전히 푸르른 내 머리카락. 차차 색이 바래가며 이제는 제주 얕은 물가로까지 색이 올라왔다. 해안가에 바람이 불 때마다 수면 위에서 파르르 떨어대는 그 파랑이 되었다.

머리카락 색깔이 눈으로 알아챌 만큼 변해가는 것을 거울에 비춰보는 것도 이젠 즐겁다. 거울을 마주하기 두려워 두 손바닥으로 눈을 가리고 양손 중지와 검지를 벌려 슬쩍 쳐다보고는 놀라서 등을 돌렸던 내 머리카락. 성격 같았으면 몇 번이고 미용실 가서 고래고래 고함을 질러댔을 것이다.

나이 탓인가, 여유가 생긴 덕분인가. 이젠 이런 일에도 3초 침묵할 여유가 생겼고, 나 외에 이 상황이 초조한 그를 이해해 줄 시선이 생기기도 한 것 같다. 무엇보다, 어떤 상황이 됐건 좋은 게 좋은 쪽으로 해석할 힘이 생긴 것 또한 나 자신에게는 반가운 변화다.

#보드는 이뻤다

미국에 살 때 동네 어디를 가든 스케이트보드 타는 사람들이 흔했다. 금발을 휘날리며 날쌔게 발을 굴리며 유연하게 S자를 그리는 몸놀림이 참 예뻐 보였다. 캠퍼스, 청춘, 스케이트보드를 합쳐놓으니 그곳이 천국이었다.

학교 안에 있는 기념품 가게에는 다양한 문양의 보드와 바퀴들이

단지 허리둘레가 늘고,
나이 앞자리 수가 바뀌었을 뿐

Do it now.

전시되어 있었다. 아! 이 아줌마의 가슴이 다시 뜨거워지기 시작했다. 캠퍼스, 스케이트보드, 청춘의 세 조건 중 의지로 갖지 못하는건 '청춘'뿐인데. 옆구리에 살이 붙었고, 나이 앞자리가 달라진 나는 망설이고 있었다. '사? 말아?' 하면서 어정거리고 있으니 점원이 얼른 나와서는 자기 가게에서는 세상에 없는 손님만의 보드를 만들어 준다며 마음을 부추긴다.

스케이트보드를 타는 청년의 몸은 탄탄해 보였다. '역시!' '푸른 봄' 젊다는 그 자체로 아름답다며 감탄하는 나는 영락없는 아줌마다. 스케이트보드를 눈앞에서 가까이 보니 정말 갖고 싶어진다. 마치 오래전부터 원했던 물건이었던 것처럼. 한편으론 넘어지면 육중한 내 무게에 뼈가 남아나지 않을 거라는 생각에 결국 사지 못하고 돌아왔다.

몇 주 후 상점 앞을 지나다가 불꽃이 일어나는 보드를 발견했다. 빳빳한 나무판자 위에 키다리 야자나무가 세심하게 그려져 있고 바퀴는 민트색이었다. 탐내지 않을 수 없는 자태.
'이건 무조건 사야 해'

흥분된 마음으로 보드를 부둥켜안고 가게를 빠져나왔다. 신났다. 보조석에 귀하게 모셔온 후에 집에서 눈에 잘 띄는 곳에 놓아두었다. 타고 말고를 떠나 '아!' 청춘의 상징, 이 상징을 통해 마음이 이렇게 즐거울 수 있다니. 스케이트보드를 바라보는 내 눈빛은 한없이 너그럽다. 걔만 보인다. 이런 녀석을 발견했다는 뿌듯함과 함께 온몸에 전율이 흘렀다.

그때부터 저녁 산책길은 스케이트보드와 동행했다. 잘 닦여진 이 길은 너를 위한 거야. 'FOR YOU' 그런데 이런 내 마음을 외면한 채 이 녀석 쉽게 몸을 내어주지 않았다. 호기 있게 발을 굴렀지만, 상체가 급히 옆으로 기울어지면서 팔은 마구 휘저으며 중심을 잡아보려다 바닥에 떨어지고야 말았다. '아! 죽을 뻔했네' 무서웠다. '오늘은 여기까지. 그래도 1m는 갔네. 내일도 30cm만 더 가보자.'

하루 이틀 시간이 갈수록 자신감이 생기기 시작했다. 그래, 시간이 조금 걸릴 뿐 결국에는 다 익숙해지는구나.

#시간이 조금 더 필요할 뿐

모든 일은 익숙해지기까지 시간이 필요하다. 볼드한 귀걸이가 처음부터 찰떡같이 어울리지 않는 것처럼 말이다. 익숙해지기 위해서는 어떤 일이든 시간이 필요한 법이다. 처음부터 잘 할 수도 없고, 실은 그럴 필요도 없다. 하는 게 좋으면 하는 것이다. 하다가 잘해지면 그것으로 좋은 것이고, 그렇지 못하더라도 경험은 사라지지 않는다.

난 여전히 보드를 탈 때 두 다리가 후들거린다. 보드를 타는 건지 보드가 날 태워주는 건지 모르는 그 경계를 왔다 갔다 한다.

도트무늬 원피스 입고 젤라토를 한 입 베었다고 해서 오드리 헵번이 되지는 않는다. 하지만 적어도 분홍색 젤라토 맛이 어떤 것인지 안다. 분홍색을 맛보면 보라색 맛도 시도해 보게 되는 것이다. 그러면 분홍색보다는 보라색 맛이 완전 취향 저격이라는 사실도 알게 된다.

"지금 네 나이에 넘어지기라도 하면 어쩌려고?"
"네가 아직 청춘인 줄 아니?"
"너 미국 물먹더니 좀 이상해진 거 아니야?"
나를 위한다는 타인의 말이란 게 이런 식일 때가 많다.

이런 '말'들에 내가 나를 위해 바라는 '말'이 묻히는 건 안타깝다. 그러니 내가 할만하다 싶으면 저질러 보는 것이다. 남들이 그러던가 말던가. 조금 뻔뻔해지면 된다. 지하철에서 자리가 나면 멋지게 날아오를 수 있는 그 운동신경만 있으면 다 할 수 있다.

"멋지잖아! 파랑 머리 마흔, 바둥대며 보드 타는 힙hip한 마흔으로
지내는 것도."

.

실패해도 마흔이니까

심사위원들의 싸늘한 눈빛이 지워지지 않았다. 내려가는 엘리베이터 안에서 두 손으로 입을 틀어막았지만 마치 고장 난 수도꼭지처럼 막을 수 없었다. 정신을 놓은 나는 급기야 꺽꺽 소리 내 울었다. 주차장에서 간신히 차를 찾은 뒤에야 소리 내 맘껏 울 수 있었다. 5분쯤 시간이 지났을까. 속절없이 새던 물은 멈췄다. 갑자기속이 후련해졌다. 그제야 정신을 차리고 시험 보는 동안 로비에서날 기다리고 있던 남편에게 전화를 걸었다.

"나야, 내려와."

드디어 문이 열리고 내 순서가 되었다. 생각보다 작은방이었다. 심사위원 3명과 촬영팀, 음향팀 3명이 모여있었다. 심장이 마구 뛰는 걸 거우 억누르고 씩씩하게 인사를 하고 어떤 춤을 출지 뽑았다. 먼저 남자 스텝으로 차차차, 그리고 여자 스텝으로는 룸바를 뽑았다. 자세를 취하자 음악이 흘러나왔다.

그런데 그 순간 달려들 듯 으르렁거리던 사자가 마취제를 맞은 것처럼 몸이 움직이지 않는다. 그러다 간신히 몸을 움직였는데 고향도 없는 엉뚱한 막춤(?)을 반복해서 추고 있었다. 당장이라도 뛰쳐나가고 싶은 것을 겨우 누르며 구술 면접까지 보고 나왔다.

지난 5개월 동안 포기할 수 있는 많은 상황에서도 꿋꿋이 준비했는데, 어깨, 허리, 무릎까지 퍼진 고통에 진통제까지 맞으며 오늘을 위해 버티어 냈는데, 들인 돈은 또 얼만데. 오늘 난 내 인생에서 가장 똥 멍청한 짓을 저질렀다. 어찜 그래, 들어가기 몇 분 전까지 수없이 반복했는데 그 짧은 순간 몸이 그대로 얼어버렸던 것이다.

난 놀이동산에서 회전목마만 타는 겁쟁이지만 수백 명 앞에서도 긴장하지 않고 강의를 해 오던 나다. 14년 동안 일 년에 두 번씩 연극 무대에 올라 일인 다역을 능청스럽게 연기해오던 나였다. 게다가 그동안 면접 운도 좋았었다. 한 달 내내 긴장하며 준비해 간 미국 비자 인터뷰에선 내 앞에 선 영어 선생님에게는 벼르기라도 한 듯 질문 폭격을 하더니 나에겐 순한 양처럼 질문도 하지 않고 한마디 하더니 바로 '탕!' 하고 패스 도장을 찍어 주었다.

너무 내 운을 믿었던 것일까. 합격을 크게 기대하진 않았다. 하지만 숱하게 연습한 걸 제대로 펼쳐보지도 못하고 나왔다는 아쉬움이 뾰족한 송곳이 되어 마음 여기저기를 쑤시어 댔다. '그래, 준비 기간이 짧았지.' 내 몸이 기억하기까지는 더 많은 연습이 필요했나 보다.

그렇게 생각하면서도 하루에 몇 번씩 문득문득 빠져드는 자괴감에 머리를 쥐어짜며 씩씩거린다. '아니야, 난 열심히 했어. 그러면 됐지.' 그러다가도 어느새 '내가 얼마나 노력했는데 바보같이' 소리 내 격분하고 있다. 봉준호 감독이 이 꼴을 보고 있다면 난 아마 차기작 사이코드라마 주인공으로 캐스팅 1순위에 올랐을 거다.

아침에 일어나 거울을 보니 자는 내 얼굴에 누가 장난을 쳤다. 눈밑이 새까맣다. 아무리 비벼도 지워지지 않는 것 보니 특수한 펜을 사용한 게 틀림없다. 누군지 잡히기만 해봐라.

#춤바람이 제일 무섭대

"사는 게 재미없어."

예고도 없이 세 치 혀가 불쑥불쑥 나댄다. 기력을 쥐어짜면서 살고 있지만 아이러니하게도 요즘 가장 많이 사용하는 말이다. 뭔가 변화가 필요하다. 한여름에 혁혁거리며 초점 없는 눈동자를 가진 강아지 같은 꼬락서니(?)로 몇 주 지내다 보니 이대로는 안 되겠다 싶다. 맵고 단 음식들을 먹을까, 아니면 당장 어디를 떠날까? 며칠은 괜찮을지 모르지만, 근본적인 문제가 해결될 것 같진 않다.

정신과 의사인 도널드 위니 컷은 심리치료 목표는 놀지 못하는 상태에서 놀 수 있는 상태로 변화시키는 것이라 했다. 치유란 잘 놀지 못하는 상태를 잘 놀 수 있는 상태로 만드는 것이란다.

'그래 지금 내가 놀지 못하기 때문에 병이 생긴 거야.'
지금 남는 시간에 이루어지는 단순한 여가 활동이 아니라 스스로 나를 기쁘게 만들 수 있는 찐 놀이가 필요하다. 놀이의 결핍이 내 정신건강을 망쳐놓고 있었다. 단순 반복적인 내 삶에 낯섦을 던져주고 삶에 활력을 불어넣어 줄 무언가. '뭐 하고 놀까?' 깊은 고민에 빠졌다. 남들이 보기에는 세상 한심한 고민일지 모르지만 난 궁서체다.

몇 년 전 방영되었던 '댄싱 위드 더 스타'를 보면서 파워풀한 라틴댄스를 보고 홀딱 반했던 게 기억이 났다. 어렸을 때부터 춤추는 걸 좋아했고 뮤지컬 배우가 되고 싶었었다. 나이 들었다고 무대에서 공연하고 싶은 열망이 사그라든 게 아니었다. 마음 어디 한쪽 구석에 자리 잡고서 기회를 엿보고 있는 녀석을 발견했다.

이거다. 때마침 댄스스포츠를 배워보라고 무심코 던진 이도 있으니 이건 운명이다. 당장 학원 수색에 나섰다. 집 근처에서는 마땅한 곳을 찾지 못해 강남에 있는 학원에 방문했다. 어깨를 훤히 드러낸 탑과 호피 무늬 랩스커트를 입은 선수들이 연습하고 있었다.

낯선 공기를 맡으며 '나랑 어울리지 않는 곳에 온 건 아닐까?' 염려가 비집고 들어왔다. 그렇다고 돌아가는 건 부산 가시나 답지 못하지. 정신을 차리고 상담을 한 후 개인 레슨을 등록했다. 옷도 신발도 준비 없이 왔지만 당장 해보기로 했다. 그래, 이왕 시작한 거 생활체육지도사 자격증까지 도전해 보지 뭐. 겁도 없이 자격증 과정 반까지 등록. 20대 댄스스포츠 선수들과 함께 무모한 도전에 도전장을 내밀었다.

#스텝 바이 스텝

"원투 퀵아퀵 퀵아퀵!" 선생님의 구령에 맞춰 스텝을 밟아 보지만 엉성하기 짝이 없다. 거울에 비친 내 모습을 보니 어딘가 많이 불편해 보인다. 왕년에 잘나가던 나이트 죽순이(?)는 어디 갔단 말인가. 세월이 야속하다. 그래도 신기한 건 시간이 지날수록 춤 라인이 조금씩 정리가 되어 간다는 것이다. 춤을 추면서 다음 동작을 생각하지 않아도 저절로 몸이 움직인다. '하면 된다'라는 흔하디흔한 활자가 이제야 진실로 마주하게 되는 순간이다.

프로 선수들과 한 공간에서 같이 연습하며 그들을 바라볼 수 있다는 것도 큰 기쁨이다. 넋 놓고 그들의 몸놀림에 빠져들었다가 다시 거울 속에 비친 나와 마주하게 된다. 선수보다 두 배 되는 몸집에다 나이도 많지만, 주눅 들지 않고 한 스텝 한 스텝 내디뎌 가는 내가 사랑스럽다.

쉽게 담이 걸리고, 아무리 집중해서 음악을 들어도 어느 박자에 들어가야 할지 몰라 혼자 움찔해도 나이 탓하지 않고 20대들과 나란히 도전하고 있는 내가 좀 멋있는 것 같다. 혼잡한 지하철 안을 비집고 들어가서도 남 신경 쓰지 않고 스텝을 연습하는 내가 열정 있는 댄서 같아 보여 흐뭇하기도 하다.

#이게 뭐라꼬?

"왜 자격증 따려고?"
그러게, 이유가 분명해서 하는 건 아니었다. 그냥 더 몰입해서 배울 것 같아서? 노후를 위해? 아니면 나의 꿈이었으니깐? 마땅히 답이 떠오르지 않는다.
"그냥, 멋있잖아."

삼바의 고향 브라질에서 아니면 차차차의 고향 쿠바에서 그것도 아니면 자이브의 나라 미국에서 춤 선생으로 제2의 인생을 살게 될지도 모르니깐. 기분 좋은 상상은 이자에 복리까지 붙어 불어나 작은 행복을 가져다준다.

그렇게 시작한 나의 작은 도전에서 쓴잔을 마시고 나니 이런저런 생각이 들면서 갑자기 울컥 겁이 났다. '앞으로 내가 도전해야 할 과제 앞에 미리 겁부터 내고 꽁무니를 빼지는 않겠지!'

그건 식어 빠진 축축한 군만두를 먹는 것보다 더 싫은 일이다. 부드러운 벨벳 소파 한구석에 주인의 사랑을 갈망하며 몸을 비벼대고 있는 강아지처럼 있는 나를 남편이 보더니 한마디 했다.
"자기야, 이거 아무것도 아니야! 올림픽에 출전한 국가대표 선수들도 터무니없는 실수를 하거나 넘어지기도 해, 그들은 얼마나 억울하고 가슴 아프겠어. 자격증 시험이야 내년에 다시 하면 되지."

정신이 났다. 그래, 이게 뭐라꼬? 아니 이게 뭐라꼬? 미친년처럼 온 집안을 들쑤시고 다닌대. 실수할 수 있지. 그럴 수 있지. 블랙커피에 얼음과 연유를 잔뜩 넣고서는 한숨에 들이켰다. 맛있다. 내친김에 거들떠보지도 않던 민트 초콜릿도 입에 넣고서는 오도독 소리 나게 씹었다. 역시 맛있다. 집 나간 입맛이 돌아온 것 보니 이제야 살 것 같다.

사람들은 마흔이 되고 쉰이 되면 젊음의 단순성과 어리석음을 부끄러워하고 다른 아줌마들의 넋두리와 괴로움에 공감하게 되면서 나이를 먹는 것은 기쁨이기도 하다고 말하는데 나는 여전히 갈팡질팡하고 작은 일에 연연하며, 쉽게 자신을 나무라고 있다.

열 살 꼬마일 때랑 달라진 게 없다. 도대체 몇 살이 되면 진짜 어른이 되는 걸까. 열 살 일 때 보다 더 혼란스럽고 더 예민해질 뿐이다. 언젠가 지하철 안에서 굳게 닫힌 문 앞에 서서는 어두컴컴한 터널을 보면서 환하게 웃던 바보 어른이 떠오른다. 뭐가 재밌는지 그 후로도 이문 저문 돌아다니며 세상 행복한 표정으로 웃던 그 바보. 그래 어쩌면 바보처럼 인생을 사는 쪽이 더 재미있을지 모르겠다. 잔뜩 찌푸린 회색 하늘에서 비가 떨어진다. 나도 덩달아 그냥 웃었다.

마흔, 아직 중년이라 말하기도 그렇고, 그렇다고 청춘이라고 불리기도 모호한 나이. 불쑥 거울을 보고 '이게 나야?' 흠칫 놀라기도 하지만 흐드러지게 핀 꽃이 이뻐서 팔팔 뛰는 거나 거미를 보고 놀라는 마음은 열 살일 때나 지금이나 똑같아서 더 놀랍다. 앞으로 놀랄 게 더 많을 것 같으니 유쾌하게 살아보련다.

사람들은 도전하는 당신이 멋있다고 박수를 보내지만, 실수와 실패를 받아들일 수 있는 용기. 그런데도 오늘을 묵묵히 살아가는 당신이 진짜 멋있는 게 아닐까.

"그래, 실패해도 마흔이니까."

소통은 카드놀이처럼

화창한 가을 하늘을 올려다보며 신호가 바뀌길 기다리고 있는데 외국인 커플이 내 옆에 섰다. 유쾌한 어조로 떠드는 이야기가 궁금해서 나도 모르게 커플을 쪽으로 몸을 살짝 기울었다. 그러려고 한 건 진짜 아니었지만 나도 모르게 그랬다.

A : '나 뉴욕 갔을 때 너무 좋았잖아, 그때 바람이 그리워'

B : 'Oh~ so cute'

B : '나 지난주 금요일 극장에 영화 보러 갔었어.'

A : Wow! It's great.

신호가 바뀌고 건널목을 건너면서도 그들의 대화는 끊이지 않았다. 뒤따라 걸으면서도 신경은 그들의 대화에 꽂혀있었다. 대수롭지도 않은 이야기를 뭘 저리도 신나게 이야기할까? 바람이 그립단 말에 "so cute?" 지난 영화 보러 갔다는데 "great?" 대체, 무엇이?

평범한 한국 아줌마가 볼 땐 이런 표현이 대단히 닭살 돋게 들릴 수 있다. 외국에서 살아본 나조차 힘이 드니 말이다. 말의 모양은 사람의 내면의 모양과 같다. 외국인과 우리가 다른 건 겉모습만이 아니라, 언어습관의 뿌리가 되는 내면의 모습도 다른 것 같다는 생각을 했다.

20대 때 호주에 거주하는 이탈리아인 집에서 홈스테이한 적이 있었다. 일상생활 가운데 자연스럽게 접하게 되는 그들의 과장된 표현에 처음엔 무척이나 적응이 안 됐었는데 지금껏 받아보지 못한 관심과 환대에 기쁨을 느꼈던 것도 사실이다. 어색해하면서도 나에 대한 적극적인 관심을 표현해 올 때 내심 너무나 좋았다.

더듬더듬 말을 해도, "Beautiful", "Nice!"라며 눈을 맞추며 반응해 주었다. 어린 시절을 떠올려 보면 엄마는 빨래를 개키면서 빨래와 대화를 얘길 했고, 아빠는 신문에 시선을 고정하고 얘길 하곤 했다. 사람과 시선을 잘 맞추는 법이 없었다. 나와 대화할 때조차도 말이다.

낯선 외국인 가족들은 내 말을 못 알아들으면서도 시선을 맞추며 나를 존중해 주었다. 늘 칭찬과 격려를 앞세운 그들의 일상 소통 방식 덕분에 결정 장애가 심각했던 나는 이탈리아인 가정 안에서 자존감을 되찾을 수 있었다. 자신감이 생겼고 단단하게 성장하고 있음을 스스로 느낄 수 있었다.

목소리가 크다, 사투리가 심하다는 말을 들을 때마다 고쳐야 할 단점이라 생각했다. 그러나 이들은 내 목소리에서 자신감이 느껴져서 좋다고 했다. 그들은 감추고 싶은 내 단점을 장점으로 받아들였다. 어떤 문화권에 속하느냐에 따라 평가는 하늘과 땅의 차이로 달라질 수 있다. 가슴 벅찬 시간이었다. 있는 그대로 나로 바라봐 준다는 것 말이다.

누군가에게 관심을 가질 때는 나의 방식이 아니라, 그가 알 수 있는 방식으로 해 줘야 한다는 걸 이탈리아의 따뜻한 가정에서 배웠다. 그들이 내게 보여준 반응처럼 말이다.

#인정의 욕구

카네기는 인정과 칭찬은 주변 사람들을 변화시키고 좋은 관계를 만든다고 했다. 사람에게는 수면욕, 식욕, 성욕의 기본 욕구가 있

다. 그 외에 강력한 욕구가 하나 더 있는데, 그것이 바로 인정의 욕구다. 기본 욕구는 부족하면 채우면 된다. 하지만 인정의 욕구는 타인에 의해 충족되는 욕구이므로 원한다고 쉽게 얻지 못한다.

어디서 한 번쯤은 들어봤을 법한 피그말리온 효과Phgmalion effect는 긍정적인 기대나 관심이 사람들에게 좋은 영향을 미치는 효과를 말한다. 쉽게 말해서 잘해 낼 거라고 믿어주고 인정해 주면 실제로 그렇게 변화될 수 있음을 말한다.

변화의 시작은 상대의 말을 잘 듣고 잘 공감하는 것에서부터 시작된다. 상대방이 자기 이야기를 편하게 할 수 있도록 잘 들어주고 적절한 표정과 반응만 보여줘도 사람은 존중받고 있다고 느낀다. 경청과 공감은 겸손의 덕목이다. 겸손한 사람은 존중받는다. 자신을 낮추면 시기하는 마음을 피해 갈 수 있으며, 상대를 자극하지 않아, 존중받는 것이다.

#제발! 너만 말하지 마

햇살 좋은 어느 날 오랜만에 고등학교 동창들을 만났다. 반가움도 잠시 각자 자기 이야기만 하느라 정신이 없었다. 아무도 남이 하는 이야기를 듣고 맞장구를 쳐 줄 여유가 없어 보였다.

커피 주문하고 자리에 앉자마자 나에게 서울에서 살만해? 묻고는 대답할 시간도 주지 않고 시부모님과의 갈등 이야기를 펼쳐낸다. 한숨이 끝나길 기다렸다는 듯 바로 다른 친구는 얼마 전 배가 아파서 응급실 간 긴박한 이야기를 하고 있는데 갑자기 다른 친구가 훅 들어와 와서는 자기 딸애가 애교 부린 이야기를 해댄다.

난 정신없이 이야기하는 친구들을 돌려 보며 고개를 연신 끄덕였다가 예고 없이 치고 들어오는 친구를 바라보며 "놀랐겠다. 지금은 괜찮아?" 말이 채 끝나기 전에 한참 예쁜 짓 할 친구 딸을 상상하며 엄마 미소를 지어 보였다. 헤어지고 돌아오면서 에너지가 바닥을 치는 기분이었다. 일방적인 그들의 이야기에 몸서리가 쳐지다가도 다들 육아에, 시집살이에 치여서 할 말 못 하고 외롭게 사는구나 싶어 안쓰러웠다.

여럿이 함께 게임을 즐기기 위해서는 몇 가지 규칙이 있어야 한다. 게임을 할 때 기본 규칙은 내가 한번 하고 나면 상대편에게 순서를 넘겨주는 것이다. 아무리 내가 지금 좋은 패를 가지고 있더라도 상대방이 할 때까지 기다려줘야 게임이 이어질 수 있다. 그리고 상대방의 패를 읽을 수 있어야 한다. 약간의 머리 아픈 과정이 있어야 더 지속해서 재밌게 놀 수 있다. 이렇듯 인간의 의사소통 놀이도 두 가지 기본 원칙에 의해 유지된다. 바로 '순서 바꾸기'와 '관점 바꾸기'이다.

앞서 이야기한 고등학교 동창 모임에서 내가 기분이 상한 것은 순서 바꾸기가 망가졌기 때문이다. 물론 그들이 일부러 그렇게 했다고 생각하지 않는다. 하지만 나도 모르게 배어 있는 일방적 직진 대화 습관이 상대방의 존재가치를 무시한 행동으로 비칠 수 있다. 신앙심이 깊다는 사람들이나 사회적 지위가 높은 사람들에게서 일방적 대화는 자주 나타난다.

아무리 좋은 이야기라고 해도 상대를 일방적으로 계몽하려 들면 그것은 대화의 틀을 벗어나는 것이다. 나이 들수록 경험과 연륜에 의해 유연해지기는커녕 더 고집과 아집이 강해지는 꼰대는 절대 사절이다.

내 이야기가 상대의 마음을 움직일 수 없다는 불안이 깊으면 반복해서 자기 이야기만 하게 된다. 겉만 번지르르해서는 상대의 마음을 움직일 수 없다. 자기 확신이 있는 사람들이 상대방의 반응에 맞춰 이야기할 줄 알고, 자기 이야기를 멈춰야 할 타이밍도 안다. 순서 바꾸기가 어느 정도 되면 다음으로 관점 바꾸기 원리를 익혀야 한다. 단순한 말의 내용과 행동만 보고 쉽게 판단하지 말고 그사람이 그렇게 말하고, 행동한 이유를 이해해야 진짜 의사소통 놀이가 이루어진다.

술에 잔뜩 취해 새벽에 들어온 남편을 향해 "이러고 살 거면 이혼
해"라고 고함을 질렀다고 가장하자. 내 경험은 아니다. 진짜 아니
다. 암튼, 아내가 진짜 이혼하고 싶어서 한 말은 아닐 것이다. 연락
이 없어서 내내 걱정한 자신의 마음을 몰라주는 남편에게 섭섭하
다는 의미다. 이럴 때 남편이 "그래 이혼해"라고 받아친다면 그야
말로 비극의 시작이다. 겉으로 표출된 상대의 말에만 집착해서 발
끈한다면 서로의 상황을 이해한 깊이 있는 대화는 불가능한 것이
다. 아내 말의 배후에 잠재된 진짜 의미를 이해한다면 "걱정했구
나. 미안"이라고 말해야 했다.

들리는 대로 해석하지 않고 그 사람 처지에서 생각한다는 것이 얼
마나 어려운지. 그러니 내가 할 수 있는 쉬운 것부터 해보자.

"다 그럴만한 이유가 있겠지."
이 말이 적힌 카드를 품에 지니고 있자. 누가 내 속을 뒤집어 놓으려
고 할 때 재빨리 이 문장 카드를 꺼내 보는 것이다. 한 박자 호흡을
떨어뜨리고 드러난 말의 배경에 대해 생각해 보면 당신은 언제든 지
지 않는 대화를 할 수 있다. 대화의 진정한 희열은 이때부터다.

놀면 뭐 하니?

2018년 7월부터 주 52시간 근무제가 시행된 이후 많은 회사가 유연근무제, 출퇴근 시간 자율화, 재택근무를 확대 허용하면서 여가를 즐길 수 있는 시간이 늘어났다. 그로 인해 주말이 있는 삶에서 저녁이 있는 삶이 가능해졌다.

역사를 통해 배운다고 했던가. 2002년 은행에서부터 시행된 주 5일 근무제가 시행된 이후 여가가 늘어났지만 행복하다는 사람이 많지 않았다. 이혼율도 높아졌다. 어째서일까. 막상 여가가 주어졌으나, 사람들은 어떻게 시간을 보내면 좋을지 고민해 본 적이 없었기 때문이다. 여가시간의 증가가 행복을 보장해 주지 못한다는 것을 우리는 알았다. 두 번의 실패는 없어야 한다.

경험으로 알다시피 주말에 좋아하는 일을 하며 재밌게 보내고 만난 월요일보다 온종일 집에서 빈둥거리다가 맞는 월요일이 훨씬 피곤하다. 주말 여가를 잘 보내야 하는 가장 큰 이유는 주중 생활 리듬을 잃지 않고 일상의 효용성을 높이기 위해서다. 의미 없이 보내는 날들이 길어지면 쉬면서도 공허함을 느끼고, 휴가를 떠나더라도 적절한 의미를 부여하지 못하면 시간, 돈 낭비만 했다는 후회만 남는다.

퇴근 후 뭘 배워야 할지, 돌아오는 주말에는 뭐 하고 놀면 좋을지, 가족들과 남들 다 가는 놀이공원을 가면 되는지, 요즘 차박이 유행이라는데 캠핑카를 구매하면 되는지 사실 막막하다. 다시 말해 늘어난 여가보다 여가에 무엇을 할 것인가에 대한 준비가 삶의 질에 더 영향을 미친다는 것이다.

문화체육관광부에서 제시한 2020년 국민여가활동 조사에 따르면 가장 많이 하는 여가 활동으로 TV 시청과 같은 휴식적 활동 55.1%, 취미 오락 활동 23.5%, 스포츠 참여 활동 10% 순으로 나타났다. 매년 TV 시청 시간이 줄어들고 있지만, 여전히 능동적인 활동보다 쉽고 편하게 선택할 수 있는 수동적인 휴식이 많다. 이것은 휴식에 대한 새로운 패러다임을 가져야 한다는 것을 보여준다.

가만히 누워있다고 해서 쉬는 게 아니다. 몸만 쉬는 것이 아니라 마음이 같이 쉬어야 휴식이다. 마흔을 지혜롭게 보내기 위해서는 진실한 자아와 만나야 한다. 미래에 대한 걱정이 늘어나고, 신경 써야 할 것들이 많아지고, 자존감이 낮아질수록 놀이를 통해 내면을 돌아보고 반성하는 기회를 가져야 한다.

소설가 무라카미 하루키는 매일 달리기가 자신과 만남을 가져다준다고 했다. 누구는 산책이, 호흡에 집중하는 요가 수련이, 또 다른 누군가는 동트기 전 글 쓰는 시간이 될 수 있다. 이때 나만의 공간에서 나를 만나고, 내면에서 들리는 소리에 집중할 수 있게 된다.

뭔가 답답하고 혼란스러울 때 난 춤을 춘다. 누군가에게 보여주기 위해서가 아니라 의식화할 수 없는 복잡한 감정들을 몸으로 표현하면서 들여다보는 데 도움이 되기 때문이다. 들이쉬고 내쉬는 호흡에 따라 몸을 움직이고 음악이 이끄는 데로 따라간다. 세상을 향했던 시선을 몸과 마음에 집중할 때 진짜 내가 원하는 것이 무엇인지 알게 된다.

그러니 자발적으로 선택하고 어느 정도 개인적인 노력이 들어가는 놀이를 즐길 수 있는 지혜가 필요하다. 내가 좋아하는 활동에 참여하고 몰입하고, 교제하면 그 속에 웃음이 있다.

먹고살기 위해, 잘리지 않기 위해, 밀려나지 않기 위해 저녁을 포기할 수밖에 없었던 한국인들에게 노는 것은 부정적이고 쉬는 것 자체를 죄악시했던 문화도 여가 참여의 제약으로 등장했었다. 누군가를 비꼬고 싶을 때 "놀고 있네!"라 할 만큼 우리 문화 안에서 논다는 건 부정적으로 사용됐다.

여가 학자들은 놀이를 즐길 때 재미를 비롯한 성취감과 만족감을 가질 수 있다고 한다. 산에 올라가 등에 땀이 흥건히 젖을 무렵 마시는 시원한 커피 한 잔의 맛을 경험해 본 사람들만이 아는 감동이 있다. 처음에는 10kg 바벨도 간신히 들었지만 한 주, 한 달이 지나니 서서히 몸의 디자인이 변하고 체성분이 변한다. 절대 난 안된다고 생각했던 일들이 기적처럼 일어나게 되면서 자신감이 생기게 된다. 갖고 싶었던 명품 가방을 구매하고 나면 기쁨은 길어야 일주일이지만 미술관, 여행지에서 겪은 에피소드들은 시간이 흘러도 어제 다녀온 것처럼 생생한 이야깃거리를 제공한다. 그럴 때 사람들은 자신의 삶을 긍정하고 만족하게 된다.

사람들은 나이를 먹어갈수록 추억을 붙들고 산다고 한다. 그러나 삶은 앞으로 나아가는 것이지 않나. 추억은 미래의 새로운 경험이 과거의 옛 기억으로 저장된 감성이다. 따라서 여가생활이야말로 노년기에 접어들었어도 여전히 삶을 긍정하고 새로운 가능성에 도전하는 일이다. 중년 이후 아이들이 자라고, 부모의 품을 떠났을 때 더는 그들에게 남길 추억이 없다는 것은 마음 아린 일이다. 살아있다는 것은 행복해야 할 이유다. 행복하기 위해 필요한 것은 인생을 긍정하고 도전하려는 자세를 유지해나가는 것이다.

#놀면 뭐 할래?

연세대 이철원 교수는 자기경영의 묘미는 적절한 여가 참여를 통해서 이루어질 수 있다고 말한다. 진정한 여가는 놀면서도 그 안에서 내가 발전해 나가는 것이다. 인간은 일하면서만 성장하는 것이 아니라 놀면서도 성장한다. 마흔에는 자신에게 맞는 놀이를 꾸준히 함으로써 삶의 질을 높여야 한다.

사람은 하고 싶은 일을 능숙하게 해낼 때 행복하다. 그것을 가지고 놀기 위해서는 시간과 노력이 필요하다. 하루아침에 뚝딱 만들어지는 일은 잘 없다. 시간 관리, 여가계획, 훈련 등이 이루어져야 한다. 성공과 같은 거창한 목표보다 나 자신을 탐구하고 다양한 경험을 쌓는 과정에서 느끼는 행복이 더 중요하다고 생각한다. 물질적인 소유보다 경험에 더 큰 가치를 두는 것이다.

노는데 뭐 계획까지 세우냐며 핀잔 어린 볼멘소리를 할 수도 있겠다. 그런데 가만 보면 하루 24시간 중 8시간은 일하는 시간으로 쓴

놀면 뭐하니?

슬기로운 놀이생활 계획표

가족놀이

좋아하는 놀이

_____
_____
_____

_____
_____

예산안

도전해보고 싶은 놀이

_____
_____

놀이 정보

_____
_____
_____

다. 또 나머지 3/1은 생계유지를 위한 시간으로, 그렇다면 나머지 자유시간은? 그 시간을 어떻게 보내느냐에 따라 삶의 질이 달라질 수 있다는 것은 명백한 사실이다. 자유시간 즉 여가를 만족스럽게 보내기 위해서 시간을 구체적으로 계획해 나가려는 태도는 중요하다. 여가를 잘 보내기 위해서 무엇을 하면 좋을까?

첫 번째, 좋아하는 놀이와 도전해 보고 싶은 놀이를 적어보자.
여가 시간을 잘 보내려면 먼저 자기가 좋아하는 활동들을 일렬로 정리해 보는 것에서부터 출발하자. 가벼운 마음으로 현재 즐기고 있는 활동이나, 즐기고 싶은 일들을 생각해서 적어보는 것이다. TV 시청, 음악 감상, 독서, 등산, 운동 등 쉽게 접할 수 있는 활동들을 적다 보면 우선순위를 정해 시간을 계획해 볼 수 있다. 또 좋아하는 것들을 적어보면서 자신의 성향을 파악할 수 있다. 지금껏 나에 대한 고민 없이 살았다면 이번이 기회다.

늘 바쁜 일상에 허덕이며 살아왔지만, 코로나19로 집에 머무르는 시간이 길어지게 되었고, 자연히 남는 시간 안에서 나를 돌아볼 기회를 얻었다. 앞으로의 삶을 어떻게 살아가야 할지 고민하게 된다는 데서 코로나가 유익하게 작용한 측면도 있다. 미래학자 넷 왈슨은 사람들은 코로나19 이후로 실제 삶에서 정말로 중요한 것이 무엇인지 알게 되었다고 주장한다. 건강, 친구, 가족, 그리고 '나에게 의미 있는 일'을 재발견했다. 코로나19가 잠잠해지면 본인이 정말로 좋아하는 취미활동 등에 더 많은 돈을 쓸 것으로 전망했다.

킬링 타임으로 제격인 400번 저어야지만 만들 수 있는 달고나 커피를 만들어 보거나 구슬 꿰기, 조립 키트를 만들어 보면서 또 다른 재능을 찾지는 않았나?

두 번째, 정보를 기록한다.
관심 있는 여가를 즐기기 위해서는 관련된 정보를 모으는 게 필요하다. 단순히 시간 때우기용이 아니라 관심을 가지고 정보를 수집하다 보면 하고 싶다는 욕구가 생기게 된다. 테니스를 배우고 싶다면 레슨비는 얼마인지, 집 주변에 테니스장이 있는지, 선수들의 게임 장면을 찾아보거나 테니스를 하고 있는 지인들을 만나 이야기해보면서 모은 정보를 기록하고 목표를 정해보면서 계획을 실천으로 옮길 수 있다. 또 음악을 좋아한다면 단순히 듣고 즐기는 걸 떠나서 좋아하는 장르가 발생하게 된 배경과 스토리를 공부해 보는 것도 창의적으로 여가를 즐길 수 있는 방법이 된다.

세 번째, 여가 예산안을 만든다.
사람들이 여가를 즐기지 못하는 가장 큰 이유는 시간이 없어서이고, 다음으로는 금전적 여유가 없어서다. 한 달 소득은 뻔한데 여가비용을 늘이는 것은 부담이 될 수 있다.

내가 돈을 쓴다는 것은 마음을 쓴다는 것이다. 내가 어디에 마음을 먼저 둘지를 생각해 볼 수 있다. 불필요하게 세고 있는 지출은 없는가?『웰빙을 원한다면 여가를 경영하라』에서 보면 여가 예산을 설정할 수 있는 세 가지 원칙을 제시한다.

1. 내 수입의 몇 퍼센트를 지출비로 사용할 것인지 결정한다.
2. 한번 정해진 예산은 무조건 여가 활동을 위해 지출해야 한다. 여가에 대한 확고한 가치관이 없으면 쉽게 다른 쪽으로 돈이 사용되기 쉽기 때문이다. 이 예산은 노는데 쓰는 돈이라는 생각을 버려야 한다. 나를 성장시키고 나의 몸과 마음을 건강하게 하는데 최소한의 비용이라고 생각해야 한다. 먼저 생각의 패러다임이 변화되어야 예산안을 계획할 수 있다.
3. 가계부를 작성해야 한다. 여가 가계부는 어느 정도 여가에 참여했는지 전반적인 지표를 보여주기도 한다. 지금 경기도 안 좋고 어려운데 한가롭게 무슨 놀이냐고 화를 낼지도 모른다. 그런데 놀이는 경기가 안 좋을수록, 사는 게 힘들다고 느낄수록 더 참여해야 한다. 여가생활 만족도가 낮으면 생활만족도 또한 낮다. 놀이는 촉매제 같은 역할을 한다. 굳이 값비싼 회원권을 사지 않아도 적은 비용을 들어서 할 수 있는 것들이 많다.

네 번째, 주말에는 가족과 함께할 수 있는 활동들을 정해보자.
가족회의를 통해 가족 구성원의 관심사를 모아 우리 가족의 가풍으로 이어갈 수 있다. 텃밭 가꾸기, 목욕탕 함께 가기, 요리 같이 만들기, 봉사활동 등 가족회의를 통해 한 달에 한 번이라도 같이 할 수 있도록 계획을 세워 보면 큰돈 들이지 않고도 함께 즐겁게 지낼 수 있다. 지속적인 놀이를 통해 우리 가족만의 고유한 문화를 만들어나가는 것이다. 요즘 시청이나 행정복지센터에서 가족 여가 중요성을 인지하고 다양한 프로그램을 제공하고 있는 곳이 많다.

1953년 미국의 예일대학에서 졸업생들을 대상으로 연구를 했다. 그 질문은 '당신은 인생의 구체적인 목표와 계획을 글로 써놓은 것이 있는가?' 였다. 이 질문에 당시 졸업생 3% 가운데 써 놓았다고 대답했다. 20년 후 구체적인 목표를 글로 써놓았다고 한 졸업생들이 그렇지 않다고 응답한 97%보다 훨씬 더 많은 경제적인 부를 이루었다고 한다. 그 뒤로 3%의 법칙이 나오게 되었다. 그 뒤 하버드대학에서도 비슷한 실험을 했는데 결과 또한 비슷한 결과가 도출되었다.
목표들이 글로 써지게 되면 우리의 잠재력도 중요한 일로 받아들여 노력을 기울이게 된다. 스스로 구체적인 약속을 하게 되는 것이다. 약속하면 지키려고 하다 보니 우리 삶의 실제 일부가 되고 삶의 현실화가 된다.

잘 노는 것도 자기만의 철학 없이는 불가능하다. 가기 싫은 노래방에 억지로 끌려다닐 필요도 없다. 이 나이에 골프는 해야 한다고 해서 골프를 선택할 필요도 없다. 대충 뭐 시간 때우려고 아무 의미도 없는 텔레비전 채널을 돌리면서 시간을 낭비하지 말고, 마흔의 통찰력과 경험 그리고 인맥을 이용해서 이제라도 적극적으로 나만의 여가경영 방정식을 만들어 보는 건 어떨까?

#5초 법칙

운동해야겠다는 생각이 들었으면 당장 책을 덮고 가벼운 운동화를 신고 밖으로 나가자. 너무 늦은 시간이거나 도저히 시간을 못 빼겠으면 있는 자리에서 가슴 펴고 허리 세우고 걸어보는 것이다. 그렇게 시작해서 하나하나 이루어 나가면 된다. 나를 바꾸는 것은 큰 결정이 아니라 아주 작은 행동에서 출발한다는 것을 기억하면서.

'5초의 법칙'이란 게 있다. 새로운 변화를 시도하면 뇌는 우선 비상제동장치를 활성화한단다. 우리를 위험에서 보호하기 위해 무의식적으로 우리에게 속삭인다. '오늘 하루 그런다고 뭐가 바뀌겠어?', '지금 날씨가 너무 더운데 나가면 고생이야.', '제대로 된 운동화도 없는데 운동화 사고 나가' 등등 이것을 '뇌의 방해'라고 한다. 그래서 우리가 쉽게 변화되기 어려운 것이다.

동기부여가인 멜 로빈스(Mel Robbins)는 뇌의 방해를 막을 방법을 제시한다. 5초 안에 우리가 원하는 행동을 실행시키는 것이다. 뒤로 숫자를 세는 "5, 4, 3, 2, 1" 하는 행동을 하면 전두엽 피질을 깨우고 움직이게 한다고 한다.

무례한 사람과 같이 있는 건 익숙한 자기 결정이다. 싫은 일을 그만두지 못하는 것도 익숙한 자기 결정이다. 매력적이지 못한 몸을 유지하는 것도 익숙한 자기 결정이다. 원치 않은 결정을 익숙하게 하고 있다면 이제부터라도 원하는 결정을 하도록 하자.

나답게 산다는 것은 내가 원하는 결정을 할 수 있는 자유를 누리는 것이다. 지금 당장 놀게 생각난다면? 5초의 법칙을 생각해 보자.

"5-4-3-2-1!"

3장

남들과 5° 다르게

사선도 선이다

"왜 한국 여성들은 결혼하면 머리카락을 짧게 잘라?"
미국에서 20년 이상 이민자들에게 영어를 가르쳐 온 데이비드의
질문이다. 영화 〈찰리의 초콜릿 공장〉에서 모두 똑같은 얼굴을
하는 움파룸파족을 신기하게 바라보는 듯한 표정으로 내게 물었
다. 그렇지 않다고 대답하면서도 공장에서 찍어낸 듯한 한국 아줌
마들 머리가 떠올라 얼굴이 빨개졌다.

누구는 긴 머리보다는 짧은 커트 머리가 잘 어울러서 스타일을 고
집하기도 한다. 그런데 한국에서는 은연중에 나이에 맞는 머리가
존재하는 것 같다. 나이가 들면 머리 기장이 짧아야 한다고 아무도
말하지 않았지만 다들 그렇게 하는 것 보면 말이다.

남들하고 똑같이 살 필요가 없다고 생각하면서도 자연히 남들처럼 살게 된다. 아마, 다르지 않다는 데 심리적인 안정감을 느끼기 때문인 것은 아닌가 싶다. 조화를 이루며 사는 것은 행복한 삶에 필요조건임이 분명하다. 하지만 타인의 시선을 지나치게 의식할 때 그것은 스스로를 불편하게 만드는 부조화의 원인이 되기도 한다. 지나친 순응이 나답게 살아갈 자유를 스스로 제안하는 셈이다. 하고 싶고, 나서고 싶어도 주책이다 싶어 꾹 참는다고 어른이 되는 건 더더욱 아닌데 말이다. 어째서 우린 각자의 나로 사는 걸 이처럼 불편해할까.

장난감 포장을 뜯어서 설명서대로 블록을 맞추는 아이들의 모습에서 각본대로 살아온 부모 세대의 삶이 떠올라 마음 한편이 답답하다. 80년대 군부 독재와 권위주의가 횡행했던 그 시절에는 권위에 반항하는 시민들을 죄악시하고 처벌을 했으니 그 시절을 산 사람들에게는 개인보다 집단을 우선하는 사고방식이 익숙하고 마음 편한 게 이해된다. 이제는 더는 권위에 의해 개인의 삶이 재단되진 않지만, 여전히 우리는 자신의 삶이 너무 튀어서는 안 된다는 약간의 불안과 누군가가 튀는 행동을 했을 때 바라보는 불편한 시각을 동시에 가진 것 같다.

ctrl c + ctrl v

#무엇이 똑같을까?

얼마 전 우리 사회의 한 단면을 비춘 〈Alike〉라는 영상을 봤다. 영상에는 색이 없는 도시가 등장한다. 이곳에 사는 사람들은 우울한 표정과 잿빛의 몸 색을 띠고 있다. 색이 존재하지 않는 세계, 개인의 개성이 사라진 사회를 가정한 영상이다. 주인공 아버지에게는 원래 고유한 자기 색깔이 있었지만, 조직에 들어가 기계적으로 일을 하면서부터 차츰 색깔이 바래더니 결국 흑색으로 변해버리고 만다. 아들은 창의성을 계발하고 개성을 빛내야 할 학교에서 오히려 무시를 당했고, 배운 대로 하지 않는다는 이유로 처벌을 받다가 결국 잿빛으로 변해버렸다. 이에 분노한 아버지가 아들의 자유를 요구했고 마지막에 가서 아버지와 아들이 자신들의 색을 되찾게 된다는 이야기다.

이처럼 사람들은 저마다의 색을 가지고 태어난다. 우리는 유치원 때부터 교육을 통해 사회에 적응하는 훈련을 받아왔다. 아이러니하게도 사회화는 우리의 개성과 정체성을 해치는 결과를 가져오기도 한다. '같음'을 지향하고 '다름'을 배척하며 획일화된 교육 속에서 점점 자신의 색을 잃어간다. 개성을 잃은 채 유행을 선동하는 '유행 선구자trend setter'를 따르는 '팔로워follower'가 될 뿐이다. 어느 순간부터 생기 잃은 잿빛이 당연해지면서 자신의 색을 표현하는 사람들마저 이상하게 바라보게 된다.

'Alike' 비슷함을 요구하는 사회에서 서로가 닮아간다는 것은 참 편리한 일이기도 하지만, 삶에서 무엇을 추구하고자 하는지, 스스로 존재하는 이유를 물을 이유가 사라지게 만든다.

유대인은 '남보다 뛰어나라'하지 않고 '남과는 다른 네가 돼라'라고 가르친다. 자식들이 가장 높은 자리에 오르는 것을 바라지 않는다. 남과 다른 '달란트talent'를 하느님이 개개인에게 나눠 주셨다고 믿는다. '최고'는 단 한 명뿐이지만 '독특함'은 누구든 될 수 있다고 믿기 때문이다.

조금 삐딱하게 살아가기로 했다

등짝이 벌겋게 화상을 입고선 속살이 하얗다는 걸 처음 알았다고 놀라거나, 호적 없는 요리를 만들고선 나의 창의성에 감탄한다. 가끔은 찢어진 우산을 버리고 비를 맞고 뛴다면 현빈이 우산을 내밀어 주지 않을까 꿈꾸는 철부지로. 조금 삐딱하게 5° 정도 남들과 다르게 살아가기로 했다.

작가 사노 요코는 내가 닮고 싶은 롤 모델 중 한 명이다. 그녀는 병원에서 암 선고를 받고 돌아오는 길에 재규어 매장에 들어가서 새 차를 구입하고, 항암제를 맞으면서도 원고를 쓰고, 한국 드라마를 보고 주인공들과 사랑에 빠져 재산을 탕진(?)하는 솔직하고 귀여운 할머니다. 꽁치 오렌지 주스 영양밥을 만들 정도로 엉뚱하고 도전적인 그녀의 책을 읽고 있으면 거침없이 내뱉는 그녀의 화법에 통쾌함 마저 느낀다. 유별나지만 눈치 보지 않고, 피해 주지도 않으면서 시원시원 살아가는 그녀의 일상은 젊음이 찰랑거린다.

삶의 방향은 두 점 사이의 일직선이 아니다. 정해진 길도, 나 아닌 타인이 정할 수 있는 길도 애초부터 존재하지 않았다. 걷고, 뛰고, 쉬었다가 낮잠을 잘 수도 있고, 돌아갈 수도 때론 뒷걸음칠 수도 있는 게 인생의 재미다. 시간이 앞으로 밀고 가는 것 같지만, 그 시간 속을 사는 우리의 여정은 끊임없이 다양한 갈림길을 만나게 된다. 훗날 우아한 헛발질이 실타래처럼 엉킨 그림으로 우리 삶이 완성되어 있지 않을까. 내 그림이 두 점 사이의 직선으로만 남았다면, 그보다 아쉬울 결말은 없을 것 같다.

#중년의 시작은 언제부터일까?

눈치 보며 하고 싶은 것을 하지 못하고 주춤거릴 때부터 노화는 시작된다고 본다.

바다에 선뜻 뛰어들지 못하는 것은 수영을 못해서가 아니라 뒤처리를 생각하니 여름 바다에 뛰어들 일이 없어지고, 밝은 염색을 하지 않는 이유는 어울리지 않아서가 아니라 사람들이 노망났다고 말할까 싶어서고, 영어 공부를 하지 않는 건 머리가 안 좋아서가 아니라 젊은이들 사이에서 쪽팔리기 싫어 뒷전이 되고, 서점에서 퍼질러 앉아 책을 볼 수 없는 것은 허리가 아파서가 아니라 사람들의 시선이 부담스러워지는 그때가 늙어가고 있음을 알리는 알람 같다.

가끔은 반듯하게 빗어 넘긴 머리를 풀어헤쳐도 보고. 허리까지 머리도 길러보자. 음악을 틀어놓고 흐느끼듯 흔들어도 보고, 공원에 나가 꽉 조인 구두를 벗어버리고 맨발로 잔디밭을 걸어보는 거다. 기분이 좋으면 공원에서 투 스텝으로 뛰어도 보고, 소화 걱정은 말고 떡볶이에 바삭한 오징어튀김을 듬뿍 찍어 입 주변에 다 묻혀가면서 먹어도 보자.

하면 누구나 하는 것을, 하지 못한다, 해서는 안 된다. 스스로 붙였던 경고 딱지를 한 장씩 용기를 내 떼어보는 것이다. 해보면 사실 아무것도 아니다. 사실 우리가 아이들에게, 후배들에게 늘 해온 말이다. 부딪혀 보라고, 그냥 해보라고, 아무것도 아니라고.

그 말을 이제 돌려준다. 괜찮다. 그러니 마음껏 해보자고.

벗어, 그리고 뛰어들어

언제인가부터 친구들과 여행을 가면 함께 첨벙대며 물놀이 즐기는 일이 사라졌다. 일생에 한 번 갈까 말까 한 이스라엘 사해 바다에서도 그랬고, 뜨거운 햇살 아래 야자나무가 즐비한 서핑 애호가들의 천국 캘리포니아 비치에서도 그랬다. 물 밖에 나오면 모래가 찝찝하고, 씻고 옷도 갈아입어야 하는데 그게 귀찮다는 게 이유다. 얼굴이 타는 것도 싫고, 이젠 수영복 입는 것도 부담스럽단다. 이해는 된다. 하지만 여행지까지 온 목적이 무엇인지를 생각해 본다면 그들의 결정은 늘 아쉽다. 바다에 누워 둥둥 떠서 이런저런 생각에 빠졌다. 그냥 놀면 안 되나? 행복하게 살고 싶다면서 어째서 눈앞까지 다가와 일렁이는 행복 속으로 뛰어들지 못할까. 옷이 물에 젖는 게, 조금 그을리는 게 뭐 그리 큰일이라고.

바다는 나에게 땅거미 지는 해질 녘 텅 빈 해변에서 혼자 땅 짚고 헤엄치며 놀 수 있도록 내어줬고, 밤새 수다 떨다 떠오르는 해를 보며 흥을 주체하지 못하고 그대로 바다에 뛰어들어도 나를 품어 줬으며, 물안경 하나 믿고 뛰어든 나에게 또 다른 세상을 보여줬 다. 넘실거리는 파도 타는 법, 소용돌이 속에서 힘 빼는 법 또한 알 려준 스승이기도 하다.

물론 바다에 뛰어들어야만 행복한 건 아니다. 여행에는 원래 답이 없다. 그저 자기가 좋으면 그만이다. 다만, 내 방에서와 여행지에 서의 내가 다를 바 없다면 여행이란 무엇인지 묻고 싶을 뿐이다. 바다를 눈앞에 두고서도 내 방에 켜져 있는 15인치 모니터 바탕화 면과 다름없이 풍경을 대한다면 내가 서 있는 곳이 굳이 바다일 필 요는 없을 것이다.

혹시 경험에 앞서 경험의 결과를 단정하지 않나. 그런 사람에게 과연 설렘은 어느 길로 찾아올 수 있을까. 인생의 기쁨은 설렘을 따라 흘러간다. 설렘은 단정하는 게 아니라, 궁금해하는 것이어서 '여'기서 '행'복할 수 있는 여행자의 얼굴에는 긴장과 설렘이 가득 하다.

여행, '여기서' '행복할 것' 김민철 작가의 책『모든 요일의 여행』에 담긴 이 짧은 문장 안에 여행의 진정한 목적이 함축되어 있다. 모든 행복은 길을 가다가 만나는 꽃처럼 순간마다 우리 앞에 나타나는 걸 알지 못한다. 그런데 낯선 공간, 낯선 사람, 낯선 분위기를 마주하게 되면 이상하리만큼 이 평범한 진리가 머리가 아닌 가슴으로 다가온다. 동시에 여러 곳에 존재할 수도 없고 살아갈 수도 없으니 우리는 매 순간의 감정을 소중히 여기고 살아야 한다.

지금 어디에 있을 것인가? 그러니 나의 시간을 선택하고 나의 공간을 선택해서 지금, 여기에 온전히 머물 수 있어야 한다.

삶은 낯섦이 선사하는 씨줄과 날줄이 엉켜가며 단단한 동아줄을 만든다. 행복한 사람은 건강하다. 건강한 사람은 바로 여기서 행복할 줄 안다. 설렘이 찾아올 수 있는 통로를 우리가 귀찮음, 부끄러움이라는 이름 앞에 섣불리 차단해 버리고 산다면 너무 억울하다.

#춤추라! 아무도 지켜보지 않는 것처럼

서른이 되었을 때, 혼자서 배낭 하나 둘러매고 동남아시아 곳곳을 돌아다녔다. 하루는 호핑투어 신청을 하고 요트에 올랐는데, 그때 내 눈이 번쩍 뜨이는 사건이 일어났다. 좁은 화장실에서 나오는 백인 여성이 비키니 팬티를 입지 않은 거다. 말해야 하나 말아야 하나 망설이는 찰나에 돌아서 가는 뒤태를 보고 안도의 한숨을 내쉬었다. 흘러내린 뱃살이 팬티를 먹은 거였다.

내가 어떤 몸을 가졌든지, 무엇을 걸쳤는지 상관없이 흘러나오는 음악에 맞춰 춤을 추고 다이빙을 즐기는 사람들, 개헤엄을 쳐도 남을 의식하지 않았고, 망망대해 바다 위에서 멋지게 폼 잡고 몸을 태우는 사람들을 홀린 듯 바라봤다. 그들은 당당했고 거리낌이 없었다.

그리고 어느샌가 그들 옆에서 내 몸은 리듬을 타고 있었다. 눈을 감았다. 남에게 내가 지금 어떤 모습으로 비칠까 하는 생각을 던져 버리고 몸과 마음을 음악에 풀어 놓을 때, 타인의 시선으로부터 해방되는 것을 맛볼 수 있었다.

바다에서 바다를 제대로 즐기는 당연한 것이 얼마나 멋있는 일인지 난 그때 확실히 알았다. 현재를 즐길 수 있는 사람들이 자신을 긍정하는 사람들이라는 걸 말이다.

내 삶의 기준점을 어디에 두느냐에 따라 행복이란 상대적으로 다가오는 법이다. 삶에서 행복하지 못하는 사람은 세계 그 어느 곳에 간들 행복하기 힘들다. 반대로 내가 머무는 그 자리에서 행복할 수 있는 사람은 어딜 가든 그 행복이 그와 동행하리라 생각한다. 행복은 구하는 것이 아니라, 바로 그 자리에서 나의 태도, 자세로 바라보는 것이니까.

'인생에서 가장 행복했던 순간이 언제였나요?'라는 질문에 가장 많은 답변 중 하나가 '어린 시절 해변에서 모래성을 쌓을 때'란다. 하염없이 손가락 사이로 빠져나가는 부드러운 촉감을 느껴본다. 모래를 가지고 어떻게 놀아야 한다고 아무도 강요하지 않는다. 혼자 쌓아도 재밌고 친구들과 같이 쌓아도 즐겁다. 만들다가 파도가 휩쓸고 지나가도 즐겁다. 다시 만들면 된다. 완성하고 난 뒤 뿌듯함이 밀려온다. 내일 다시 모래성을 쌓으면 오늘과 다른 또 다른 모양이 나온다. 창조, 재미, 협업, 성과 등 놀이의 본질을 모두 담고 있다. 놀이에 몰두하는 동안 그저 행복할 뿐이다.

놀이는 내리쬐는 해를 피하지 않고 온전히 받아들이는 자세라고 생각한다. 자세가 갖춰질 때 놀이는 즐거울 수 있고 비로소 내 삶을 긍정적인 에너지로 채워나가게 된다.

나다움을 회복하기 위해 우린 때때로 낯선 이방인이 되길 자처한다. 그게 여행의 본질인 동시에 놀이의 참 의미이기도 하다. 내 안에 작은 놀이를 허락하는 순간 몸에 맞지 않는 무거운 외투를 벗어버리게 된다. 뛰어놀다 보면 덥고 거추장스러우니깐 누가 뭐라 하지 않아도 벗게 된다. 이렇게 놀이가 우리를 좀 더 가볍고 자유롭게 살도록 이끈다. 처음이 어렵다. 눈 찔끔 감고 몇 번 해보면 별거 아니라는 걸 알 수 있다. 그러니 벗고, 재미난 세상으로 뛰어 들어가 보자.

"마치 아무도 당신을 지켜보지 않는 것처럼 춤춰라.
마치 이전에 어떤 상처도 받지 않은 것처럼 사랑하여라.
마치 아무도 당신의 소리를 듣지 않는 것처럼 노래하라.
마치 이 땅 위에서 천국에 있는 것처럼 살아라."

해보고 싶은 건 해봐야지

난 갖고 싶은 것이 있으면 꼭 사야 하고 안 되면 비슷한 거라도 가져야 한다. 하고 싶은 게 생기면 어떻게든 해봐야 직성이 풀린다. 이건 내 탓이 아니다. 타고나길 그렇게 났으니 이건 조상 탓이다. 어쩌겠나. 이렇게 태어났으니 겸허히 받아들일 수밖에.

내게 축제는 듣기만 해도 가슴 뛰는 말이다. 미국에 머물 때 매년 캘리포니아 오렌지카운티에서 열리는 OC Fair에 간 적이 있었다. 주차하고 입구에 들어서니 유원지를 통째로 옮겨놓은 규모에 압도되어 입을 다물 수 없을 지경이었다. 놀이공원을 방불케 하는 거대한 시설들과 마술쇼, 록 콘서트, 서커스와 같은 이벤트까지 볼거리가 풍성했다. 그리고 빠질 수 없는 지역 길거리 음식들과 인상적이었던 건 애완동물 장애물 넘기와 올-알래스칸 돼지 달리기 경주였다. 한국에서 볼 수 없는 진풍경이었기에 미친 야생마 마냥 좋아 날뛰었다. 그렇게 장내를 둘러보던 중 내 눈을 사로잡은 게 있었으니 바로, '도넛 빨리 먹기 대회'다.

2시에 열릴 예정이니 도전해 보라는 팻말을 보고는 TV로만 봤던 대회를 직접 볼 수 있다는 기대감에 신이 나서 발을 동동거렸다. 일찌감치 앞쪽에 자리를 잡고 앉았다. MC가 연령별로 참가 신청을 받고 있단다. '나도 해볼까? 해보자!' 망설임 없이 앞으로 나갔더니 스텝 한 분이 작은 종이를 내밀었다. 받아들고 자리에 앉아서 보니, 고등부 참가 출전 자격이다. (이런 고마울 때가)

드디어 내 순서가 나왔다. 덩치 좋은 남학생들과 나란히 섰다. 도넛 사이즈도 내 얼굴 두 개 합친 것보다 더 크다. 시작 소리와 함께 먹으려고 하니 양손을 허리에 대고 먹으란다. 세상 비굴한(?) 자세로 먹었다. 그 뒤에도 MC가 신이 났는지 춤을 추라고 했다가 한 발을 들고 먹으란다. 나이 마흔을 코앞에 두고 고등학생들 사이에서 이겨보겠다고 좋아하지도 않는 도넛을 꾸역꾸역 먹고 있는 꼴이라니. 보고 있던 남편은 자기가 더 부끄러워 어쩔 줄 몰라 하면서도 연신 카메라 셔터를 눌러댔다. 그렇게 얼굴에 설탕 가루 잔뜩 묻히고서야 끝이 났다.

참가 사은품으로 받은 장난감 안경과 목걸이를 하고 나오면서 계속 히죽거렸다. 내년에도 축제에 갈 수 있다면 또 도전해야지. 내년에는 중학생 팀으로. (내 미모는 시간을 거꾸로 거슬러 갈 테니)

돌아와서 친구들에게 사진을 보여주며 참가했다고 말하니 눈살을 찌푸리며 자기들이 다 민망하단다. 난 그들의 반응이 더 이상하다. '뭐가 민망하지?' 난 지금도 그때 생각하면 입가에 미소가 번지는데. 난 나이 들어도 망가지는 거 하나도 겁 안 난다. 아니 오히려더 망가지고 싶다. 나에게 유쾌한 경험을 선사해 준다면 말이다.

#엄마의 첫 경험

부산 광안리에 사시는 부모님은 여름이면 서핑, 패들보드, 제트스키, 요트를 즐기는 사람들을 보면서 늘 멋지다는 생각을 하셨단다. 하루는 부모님 댁에서 창문 너머로 노을이 지는 고요한 바다를 바라보고 있었다. 그때 열 명 남짓 되는 무리가 광안대교를 향해 노를 저어 가고 있었다. 당장 내려가서 알아보니 '패들보드 선셋 투어'에 참여한 사람들이란다. 이거다!!! 당장 예약을 했다. 오랜만에찾아온 설렘이었다. 새로운 놀이를 발견했을 때의 기쁨이란 이루말할 수 없다.

"엄마, 나랑 같이해봅시다. 남 하는 거 멋있다고만 하지 말고."

"얘는, 난 다리에 힘없어서 못해, 그런 건 젊은 애들이나 하는 거지." 하며 말을 꺼내자마자 못하겠다고 못을 박는다.

"엄마, 그거 알아? 도전을 두려워하기 시작하는 순간부터가 진짜 늙는 거래. 그러지 말고 나랑 해보자."

초롱초롱한 눈망울을 하고서 엄마에게 애원하듯 한 시간을 매달려서야 겨우 'OK'를 받아냈다.

예약해 둔 가게에서 구명조끼 하나씩 받아들고 해변으로 향했다. 노 젓는 법, 보드 위에서 앉는 법, 서는 법 등을 교육받았다. 엄만 도통 알아들을 수 없다며 불안한 표정을 지어 보였다. 난 살짝 다가가 "물에 들어가면 다 돼, 걱정하지 마셔요"라고 속삭이고는 보드와 패들을 챙겨 바다로 나갔다.

걱정했던 게 무색할 정도로 생각보다 균형잡기가 쉬웠다. 엄마도 가뿐히 앉아서 넘실거리는 파도 위를 휘휘 저어 다니신다. 내가 쉽게 서서 타는 걸 보시고는 용기가 생기셨는지, 보드 위에 섰다 빠지기를 반복하면서도 얼굴에서 웃음이 떠나질 않았다. 같은 시간에 보트에 올랐던 젊은 친구들은 힘들다며 한 시간도 못 버티고 떠나는데 엄마와 난 두 시간 넘게 바다 위를 둥둥 떠다녔다. 그때 우리 모녀는 물 위에서 말로 표현할 수 없는 벅찬 자유로움을 느꼈

도너츠 = 새로운 경험

도너츠 맛있게 먹는 방법

1. 먹기 전 맛을 상상하지 마라.

2. 베스트 보다 New를 선택하라.

3. 누군가와 함께 먹어라

다. 퇴근하고 돌아온 아빠가 현관문에 들어서자마자 엄마는 바다에서 찍은 사진을 보이며 "내 평생 이런 걸 다 해봤어요, 절대 못 할 줄 알았는데 막상 해보니 나도 충분히 할 수 있던데요, 너무 재밌었어요, 자기도 도전해봐요."

요즘 '신박한 정리'라는 프로그램을 자주 보는데 정리 전문가가 하는 말이 '무거운 가구를 옮기는 것보다 더 무거운 게 생각을 옮기는 것'이란다. 그동안 가졌던 고정관념을 깨뜨리기가 그만큼 쉽지 않다는 것이다. 그런데 한번 그 틀을 깨고 나오면 다른 것도 쉽게 깰 수 있다. 깨본 유쾌한 경험이 있기 때문이다. 앞으로 있을 엄마의 여러 첫 경험들을 응원한다.

#한 것도 없는데 시간은 왜 이리 빠르게 지나가지?

평일에는 느리게 시간이 가는데 왜 주말에는 시간이 빠르게 흘러가는 것 같아 아쉬울까. 어렸을 때는 천천히 가던 시간이 왜 나이가 들수록 빠르게 지나간다고 느끼는 걸까. 우스갯소리로 20대에는 20마일로 달리고 40대에는 40마일 속도로 달린다고 한다. 이처럼 나이가 들수록 시간이 빨리 흐르는 것처럼 느끼는 것을 '시간수축효과'라고 한다.

미국의 듀크대학교 에드리언 배안Adrian Bejan 교수는 우리에게는 물리적 시간과 마음의 시간이 존재한다고 한다. 물리적 시간은 누구에게나 균등하게 흘러가는 시간이고, 마음의 시간으로 나이가 들수록 마음의 시간이 빠르게 지나간다고 느끼는 것이다. 마음의 시간은 일련의 이미지 시간과 연관되는데, 눈으로 어떤 장면이 들어오면 뇌의 신경세포들이 그 정보를 처리하게 된다.

어렸을 때는 뇌의 신경세포 정보처리 속도가 빨라서 세상을 좀 더 자주 볼 수 있게 된다. 하지만 나이가 들수록 신호전달 경로의 활력이 떨어져 신호의 흐름이 둔해지니 이미지를 처리하는 양도, 속도 또한 줄어들게 된다. 가령 어렸을 때는 300만 장의 이미지로 1년을 기억하는 데 반해, 나이가 들수록 100만 장의 이미지로 1년을 기억하게 된다는 것이다.

『어떻게 시간을 지배할 것인가?』란 책에서는 '홀리데이 패러독스'를 소개한다. 휴가를 보내고 있을 때는 금방 시간이 지나간 것 같은데 휴가를 마치고 돌아오면 한참 만에 온 것 같은 기분이 든다. 아이를 키울 때는 더디게 흘러가는 것 같지만 어느새 1년은 금방 지나간 것 같다. 흥미로운 시간은 빠르게 지나가는 것 같이 느껴지지만, 그 시간이 지나고 되돌아보면 반대로 길게 느껴지는 것을 말한다.

어린 시절에는 뭐든 새롭기에 몰입이 쉽고, 그로 인해 얻은 기억들이 머릿속에 가득하다. 그래서 어린 시절이 실제보다 더 길게 느껴지는 것이다. 기억의 밀도가 결국은 시간의 거리를 감각하는 기준이 되는 것이다. 반면 나이가 들수록 생활이 단조롭고, 반복되는 일상 속에 시간이 빈 것 같이 느껴진다.

40대에게 지난달에 한 일을 떠올려 보라고 한다면 출근하고 퇴근하고 말고는 딱히 기억할 만한 것들이 없다. 하루하루 겨우 버티었는데 벌써 한 달이 지나갔다. 이렇게 기억에 남을 일이 적어지기 때문에 시간이 빠르게 간다고 느끼는 것이다. 단조롭고 공허하고 익숙한 시간은 잊혀진 시간처럼 느껴진다.

물리적 시간이야 어쩌지 못한다고 하지만 마음의 시간은 충분히 우리가 늘릴 수 있다. 나이가 들어도 천천히 흘러가는 것처럼 만들기 위해서는 하루하루를 새로운 경험들로 채워야 한다.

인생의 끝이 얼마 남지 않은 두 노인들이 죽기 전에 하고 싶은 일들을 하나씩 해나가면서 겪게 되는 에피소드를 그린 영화 〈버킷리스트〉 보면서 느낀 건, 우리 삶에서 진짜 후회하는 것은 해본 일에 대한 후회가 아니라 인생에서 하지 않은 일에 대한 후회라는 것이다.

후회 없는 삶을 살기 위해서는 잠깐만 시간을 내면 할 수 있는 게 많다. 해내기 위해서는 일상을 넘어서는 작은 용기만 있으면 된다. 엄마가 패들보드를 직접 잡았던 것처럼 말이다. 만약 반복되는 일상들만 허락한다면 세월이 허망하게 지나갈 것이다.

할까? 말까? 망설이는 일이 있다면 해보는 거다. 고민하지 말고 자신을 믿고 뛰어들어 보자. 영화 〈꾸뻬 씨의 행복여행〉에서 보면 행복은 상상 이상으로 다양하고, 예상 밖으로 소박하며 때론 뜻밖의 엉뚱한 것에서 발견할 수 있다고 말한다. 우리 주변에 펼쳐져 있는 다양한 재밋거리들을 눈 동그랗게 크게 뜨고 담아보는 것이다. 그러다 관심 있는 게 생기면 다양한 채널로 만나보고 경험해 보고 아주 사소한 거라도 용감하게 열정을 좇아가 보는 것이다.

매일같이 반복되는 일상을 조금 바꾸어 보는 노력도 좋겠다. 지하철을 타고 출근한다면 퇴근길은 버스를 타보기도 하고 가능한 거리라면 자전거를 타고 가면서 풍경을 관찰하는 것도 재밌겠다. 가끔은 혼자 공원에서 점심을 먹기도 하고, 늘 가던 산책길이 아니라 다른 길을 눈에 담아보기도 하자.

버릴까 고민하는 식탁에 타일도 붙여보고, 가구 위치도 조금 바꾸어 보자. 보통 주말에는 쇼핑과 영화를 봤다면 그동안 안 해봤던

등산도 해보자. 이렇게 조금씩 다른 새로움으로 채워 넣는다면 돌아봤을 때 이번 해는 새롭게 기억될 것이다.

이것이 우리 내면의 어린아이에게 활기를 불어넣어, 나이가 들면서도 점점 젊어지는 방법임이 틀림없다.

행복한 돈 지랄

계절은 달력의 날짜보다 빠르다. 어느 아침 돌돌 만 이불 속에 몸을 묻은 채 두 발을 비비며 잠이 깼다면 겨울이 코앞에 다가온 것이다. 계절은 정말 도둑같이 온다.

월동준비를 위해 김장을 하고 연탄을 창고에 가득 채워 넣어야 마음이 든든했던 어린 시절처럼 옷장에서 두꺼운 옷과 신발들을 꺼내 빨고 털고 말려서 차가운 계절을 대비해야 한다. 옷장 문을 열고 잠시 당황스러웠다. '대체 작년 겨울에 뭘 한 거지? 입을 옷이 하나도 없잖아.' 작년 이맘때 난 벌거벗고 다닌 게 틀림없다. 아무리 옷장을 뒤져봐도 입을 옷이 없다.

그런 사람 꼭 있다. 운동을 시작하기도 전에 먼저 예쁜 운동복을 먼저 검색한다거나, 누가 뭘 샀는데 너무 좋다고 할 때마다 얇은 귀가 안테나처럼 바짝 선다거나, 특강 일정이 잡히면 강의자료 준비보다 뭘 입을지를 먼저 고민하는 그런 사람 말이다. 바로 나다.

우울한 날 수건 한 장이라도 사면 금세 행복해지는 쇼핑 러버. 주위에는 입는 것보다 먹는 게 중요하단 사람이 적지 않지만 난 식비에 쓰는 비용이 많지 않다. 그렇다고 먹는 재미를 모르는 건 아니다. 단지 먹고 나서 흔적도 없이 사라지는 것들보다 눈에 보이고 만질 수 있는 것들을 더 사랑할 뿐이다.

난 취향이 꽤 확실한 편이다. 무채색보다는 원색을 선호하고 화려한 패턴의 디자인을 좋아한다. 누구나 무난하게 입을 수 있는 색감과 디자인의 옷은 옷장에서 찾기 힘들다. 액세서리 취향도 독특해서 색감이 진한 원색 계열의 존재감 강한 녀석들이 많다.

무턱대고 값비싼 것만 좋아하지도 않는다. 백화점에 진열된 값비싼 그릇보다 여행지에서 10달러 주고 구매한 프랑스산 주전자에 물을 끓여서는 세트로 산 찻잔에 차를 따라 마시는 것 자체가 행복하다. 찻잔은 나와 탄생 연도까지 같은데, 물건을 살 때 물건만 사는 게 아니라, 그 물건이 입고 산 세월도 함께 사는 것이다. 내 삶의 공간으로 들어온 녀석은 지금 한국에서 나와의 기억들을 시간 속에 새겨가며 산다. 나는 프랑스산 주전자를 볼 때마다, 해외에 머물렀던 자유로운 일상들을 떠올린다. 물건에는 기억이 있고, 기억 속엔 행복이 있어서 난 물건 사는 게 좋다.

세월의 흔적을 그대로 가지고 있는 고풍스러운 그릇에 버터 한 덩어리와 빵 한 조각을 올려두면 입으로 먹기 전 눈으로 먹는다는 기분을 알게 된다. 입으로 먹는 것은 배를 불리지만, 음식, 드레스, 아름다운 호텔 방, 눈부신 해변, 끝없이 높기만 한 하늘을 눈으로 먹을 때 가슴이 부풀어 오름을 느낀다. 마음의 양식이란 딱 이럴 때 어울리는 말이 아닌가 싶다.

혼자 커피 한 잔을 마시더라도 컵 받침을 사용할 줄 아는 사람은 스스로에게도 정성을 다하는 사람이다. 자신을 사랑할 줄 아는 사람은, 물건이든 타인이든 자신과 관계하는 그 어떤 것과도 의미를 둘 줄 안다.

여행 가거나 미술관, 박물관을 들를 때면 습관처럼 꼭 사는 게 있다. 엽서와 펜이다. 이미 내방 연필통은 더는 담을 수 없을 만큼 꽉 꽉 차 있다. 이년 전 LA에 있는 게티뮤지엄Getty Museum을 갔을 때 산 그림카드들은 자주 꺼내 보지 않아서 얇은 먼지가 엽서 위에 내려앉았다. 하지만 살면서 가끔이라도 내가 다녔던 그곳의 그림카드와 랜드마크가 그려진 엽서들을 보면 사춘기 시절 좋아하는 남학생을 우연히 길에서 마주쳤을 때처럼 가슴이 뛴다.

펜은 글을 쓰기 위해서만 존재하는 것이 아니다. 펜마다 이야기와 역사가 있다. 인도를 여행할 때였다. 길을 지나는데 큐빅이 잔뜩 박힌 펜 6자루가 눈에 들어왔다. 어디에 내놓아도 지지 않을 만큼 신비로운 빛이 내 동공 속에서 영롱하게 빛나는 것만 같았다. 펜 뚜껑 또한 예사롭지 않았다. 이건 꼭 사야겠다 싶어서 주인과 한참이나 흥정을 벌였다. 결국, 승리의 여신은 나와 함께라며 휘파람 불면서 나왔다.

그러나 웬걸 바로 옆 가게 자판 위에도 이 녀석들이 반듯하게 누워서 반짝이는 자태를 뽐내고 있는 게 아닌가. 조금 전 구매한 3/1밖에 안 되는 가격표를 붙이고서 말이다. 한 자루를 빼다 멋지게 한 획을 그어보는데 '끅'하는 거친 마찰음만 들릴 뿐 잉크는 나오지 않았다. 설마 하는 불안한 마음을 애써서 달래며 남은 다섯 자루를 그어보았다. 아! 속았다. 이건 볼펜이 아니라 그냥 큐빅 막대다. 짜증이 나서 여행용 가방에다 집어던졌다. 지금도 떡하니 연필통에서 한자리 차지하고 있는 이 녀석을 볼 때마다 누런 이를 유난히 번쩍거리던 상점 주인의 세상 착한 미소가 그려진다.

나는 미키마우스 얼굴이 달린 볼펜은 쓸 때마다 지구에서 가장 행복한 곳을 다녀왔다는 그때의 감동을 떠올리게 한다. 몇십 분을 기다려 겨우 미키마우스랑 사진을 찍고서는 어린 시절 영웅을 만난 것처럼 기뻐한 그때의 기억은 우울할 때마다 찾는 내 삶의 다디단 사탕이다.

이처럼 내 물건들은 여행의 기록이며, 순간의 선택이며, 영원한 기억으로 남아 내가 살아온 길을 증명하는 나에게는 나침반이다. 내게는 그 어떤 것보다 여전히 쓸모 있는 물건들이며, 쓸모 있는 기억들이다.

#나에게 귀하게 대접하기

돈을 쓰면서 마흔인 내가 무엇을 좋아하는지 그리고 기분 좋게 하는 것들이 무엇인지, 내가 어떤 것에 행복해하는 사람인지를 알게 되었다. 그건 가치 소비를 했기 때문이고 그러한 소비를 나를 다시 행복하게 만들었다.

욕심을 채우기 위해 과도하게 소비하는 것도 문제고, 무조건 아끼는 것도 옳지 못하다. 하루 이틀이면 시들어버릴 꽃이라도 날 위해 핀 한 송이 꽃을 살 줄도 알아야 하고, 언젠가는 쓰겠지 하며 케케

묵은 물건 더미들을 버릴 줄 알아야 하며, 남편이 입다 버린 사각 팬티는 내 몸이 아니라 쓰레기통에 버리고 하얀 레이스가 달린 화려한 속옷도 살 줄 알아야 한다.

혼자 먹는 밥이라도 찬을 예쁜 그릇에 담아 식기의 가장자리를 깨끗한 행주로 한 번 더 닦아 낸 뒤 식탁에 올리고, 짝이 맞는 수저와 숟가락을 가지런히 내려놓는 수고를 기꺼이 더하면서도 자신에게 대접할 줄 알아야 한다. 나에게 귀하게 대접할 수 있는 길이 우선이고 내가 행복해지고 나면 타인에 대해 나아가 이웃과 사회에 대해 넉넉한 배려가 흘러나와 자연히 스며드는 것이다.

27살 남친 알렉스

미국에서 지내는 동안 Cerritos City에 있는 ESL, 즉 영어가 모국어가 아닌 사람들을 위해 개설된 프로그램에 등록했다. 영어 공부보다 다양한 나라에서 온 신기방기한 사람들 구경하는 재미가 컸다. 세상 별천지에 떨어진 듯 요리조리 호기심 가득한 눈을 굴러가며 훔쳐봤다.

은색 단발머리, 매부리코에 살짝 얹힌 안경 사이로 비치는 날카로운 눈매, 얇고 다부진 입술에서 풍기는 이미지와 다르게 비키 선생님의 목소리는 유치원 선생님이 아이들을 지도할 때 내는 비음 섞인 높은 음역대였다.

그날도 눈치로 대충 알아듣고는 지루해진 틈을 타 하품하려는 순간, 교실 문이 열리더니 따뜻한 햇살과 함께 그 아이가 들어왔다. 진한 이복구비에 허리까지 내려오는 검정 머리는 긴 스프링을 매달아 놓은 듯했다. 얼굴의 반을 가리는 턱수염과 손목 위로 펼쳐진 화려한 문신들, 검정 힙합바지에 큰 프린트 무늬가 새겨진 검정 티셔츠를 입고 있었다. 살짝 벌어진 내 입이 턱 다물어졌다.

그는 내게 살짝 미소를 지으며 검정 백팩을 내려놓고 내 옆자리에 앉았다. 이러면 안 된다고 하면서도 내 시선은 그 아이에게 머물고 있었다. 학창시절 좋아했던 병규를 슬쩍 훔쳐 쳐다보던 것과는 다른 느낌이지만 동양에서 온 아줌마의 호기심을 불러일으키기에 그의 외모는 특별했다.

몇 달간 같이 수업을 들었지만 별로 친해질 기회가 없었는데 한 일년쯤 지났을까? 'Photo & Light room' 수업에서 다시 그를 만나게 되었다. 멕시코에서 디자인을 공부한 그는 컴알못인 내 옆자리에 앉아 살뜰히 챙겨주면서 우린 가까워졌다.

"진짜 파마한 게 아니라고? 태어날 때부터 그랬어?"
신기해하며 탄력 있는 웨이브를 손가락으로 빙빙 돌려 꼬며 말했다. 그도 싫지 않은지 웃으며 고개를 끄덕였다. 둘 다 서투른 영어 실력이지만 서로 만나기만 하면 뭐가 그리 즐거운지 "크크크" 웃으며 서로의 표정을 따라 했고 이야기도 잘 통했다. 수업이 끝나면 사진 찍으러 역사박물관이나 공원에 같이 가기도 하고, 히스패닉들만 다닐 것 같은 색다른 분위기의 레스토랑에 날 데리고 다녔다. 가끔 직접 만든 베이글 샌드위치 도시락을 준비해 와서 무심코 살짝 내민 날이면, 난 그 마음이 고마워 자전거 타고 다니는 그를 집까지 몇 번 데려다주기도 했었다. 그렇게 그는 아줌마인 나를 살짝 긴장시켜 주며 스쿨 남자친구로 때론 선생님으로 내 옆에 있어주었다.

알렉스는 27살 청년의 거친 반항아 같은 센 외모와는 다르게 멕시코 사람 특유의 느긋함과 여유가 있었다. 절대 서두르거나 화를 내지 않았다. 그리고 자기는 이모 집 Garage(차고이지만 주로 창고로 많이 쓴다)에서 생활하고 있고, 3년을 같이 살고 있지만, 이모부 가족들이랑 식사를 한 번도 함께 한 적이 없다며 표정 하나 바뀌지 않고 이야기한다.

#창문도 없는 차고에서 지낸다고?

그는 엉터리 영어를 구사하면서도 미국인 친구들과 대화할 때 전혀 기죽지 않았다. 난 간혹 그들이 'pardon?' 하는 순간 심장이 내

Baking is for happiness

려앉아 개미 기어가는 소리로 옹알거리거나 다섯 살 꼬마처럼 혀 짧은 애기 말투를 쓰는데 그 녀석은 거침이 없었다. 아니 정확히 말하자면 그들이 어떻게 생각할지 신경 쓰지 않았고, 잘하는 척 어설프게 혀를 굴려가며 포장하지도 않았다. 그냥 자연스러웠다. 그런 그가 차고에 살아서 차고에서 지낸다고 하는 게 뭐가 이상할까.

누군가에게 괜찮은 사람으로 보이기 위해 하지도 못하는 걸 잘하는 척 연기하고, 가지고 있지도 않으면서 오래 써본 사람처럼 천연덕스럽게 거짓말하는 중년의 어두운 그림자를 그에게서는 찾아볼 수 없었다. 나는 그런 그가 좋았다.

얼마 전 TV에서 백만장자가 80평이나 되는 옷방에서 값비싼 귀금속과 명품 가방까지 11억 원이나 되는 물건을 도난당했다며 눈물을 훔쳤다. 그런데 얼마 뒤 재밌는 이야기가 들려왔다. 도둑은 자기가 훔친 물건들이 다 가짜라며 억울하단다. 너무 괘씸해서 기자에게 고발했고 직접 훔친 물건들을 기자에게 보내주는 무모한 행동까지 보였다. 그 뒤 백만장자는 "내가 가진 모든 것이 다 명품일 수는 없지 않으냐? 그중에서 진짜도 있다"며 거짓 눈물을 훔쳤다.

뭘 그렇게 보여주고 싶어서 그런 황당한 거짓말들을 만들어 내는 걸까.

미국에서 10년 이상 살아온 언니들 하나같이 하는 소리가, 한국에 가면 가족들이 캘리포니아 거지가 왔다고 한단다. "옷이 그게 뭐니?", "얼굴은 왜 이리 까칠하니?", "다이어트 안 하니?" 등등 잔소리를 넘어 걱정시켜 드리는 것 같아서, 비행기에서 내리면 공항에서 제일 좋은 옷으로 갈아입고 나가 가족을 만난단다. 미국에서 내 삶에 만족하고 꽤 잘 살고 있다고 느끼지만, 한국에만 가면 돈도 없고, 잘 꾸미지도 않는 한심한 인간이 되어버린다며 씁쓸한 미소를 지어 보였다.

#판초의 나라

내가 만난, 미국으로 이주해서 사는 멕시코 사람들 대부분은 10대 때 결혼했고 아기도 많이 낳았다. 탈색한 지 오래되어 빗자루 같은 머릿결을 가진 마리아는 처음 본 나에게 이번 주 토요일 세 번째 결혼식을 한다며 한껏 격양된 목소리로 새 남편 자랑을 해댄다. 남자친구는 떠났지만 임신해서 행복하다고 말하던 20대 초반의 안나, 그리고 삼각 콧수염을 가진 탐은 나와 동갑인데 벌써 손녀딸이 있었다. 레스토랑에서 만난 존은 멕시코에 결혼한 아내와 아이가 있고 지금 미국에서 3명의 아이와 새 아내와 함께 산다며 전 부인 욕을 나에게 퍼붓는다.

나 또한 꽤 자유분방하고 남을 쉽게 판단하는 편은 아니지만 그들의 지나친 솔직함에 적잖게 놀랐다. 다른 문화에서 오는 충격이라 생각하면서도 속으로는 은근히 그들의 가벼운(?) 삶을 비웃었다. 하지만 그들이 한국 사람들보다 더 행복지수가 높은 이유를 이제야 알 것 같다. 특유의 낙천적인 성향에 타인의 평가에 휘둘리지 않는 자유분방함 때문이다.

말 그대로, 이번 주 토요일에 세 번째 결혼식이 있고, 임신해서 행복하니까, 멕시코에도 미국에도 아내가 있으니깐 이야기하는데 난 그들을 내 기준에서 생각하고 판단하고 있었으니. 어디 쥐구멍이라도 있으면 숨고 싶다.

누구라도 민낯을 드러내는 것을 싫어한다. 감출 게 많을수록 포장은 과해진다. 마스크 쓰고 사는 것도 환장할 노릇인데 그 무거운 가면으로 얼굴을 덮고 살았으니 얼마나 답답하고 힘들까. 화장실 수챗구멍에 수북이 빠진 머리카락을 보고 더는 속상해하고 싶지 않다면 그만, 자신을 괴롭히자. 탈모는 유전만이 아니니까.

오싹한 동거

아침 일찍 집을 나서는데 프랑스에서 전직 경찰이었던 아파트 관리인이 불안한 눈빛으로 옆집 84호를 쳐다보고 있었다. 사실 나도 며칠 걱정이었다. 3주 전부터 문에 붙어 있던 알림장이 여전히 붙어 있었기 때문이다. '여행 가셨겠지' 하면서도 한편으론 불길한 느낌을 지울 수가 없었다.

오후에 집으로 돌아오니 경찰차 10대와 할리우드 영화에서 보던 덩치 좋은 FBI, CSI 요원들이 집 앞에 진을 치고 있었다. 그들을 헤집고 간신히 들어왔는데 잠시 후 누군가 문을 두드리기 시작했다.

"잠깐 인터뷰를 할 수 있으신가요?"

이게 무슨 일인가 하는 불안한 마음을 간신히 진정시켜가며 묻는 말에 떠듬떠듬 대답하는데 마침 매니저가 지나가기에 대체 84호에 무슨 일이라도 생겼냐고 재빨리 물었다.

"부부가 동반 자살했어."

"뭐?"

순간 숨이 덜컥 막혀 두 손으로 입으로 막고선 뒷걸음질 쳤다.

캘리포니아는 지진을 대비해서 목조로 집을 짓는데 그것도 2층 이상 건물을 올리는 일이 흔치 않다. 내가 살았던 목조 아파트는 꽤 커뮤니티가 컸다. 특히 내가 살았던 동은 1, 2층에 각각 세 가구가 살고 있었다. 건물 밖으로 나와 있는 계단은 우리 집 85호와 84호 사이에 놓여 있었다. 콘크리트 벽이 아닌 나무 벽 사이로 옆집과의 공간을 나눈다. 옆집에 누가 사는지도 모르는 한국의 아파트와는 달리 오고 가는 것이 다 확인이 되고, 블라인드를 치지 않은 창문 사이로 삶의 민낯이 훤히 드러낸다. 저 하얀 페인트 벽면 너머로 시체들과 3주 동안 동거했다고 생각하니 오싹했다.

내리쬐는 햇볕이 강렬한 캘리포니아의 봄날, 지난 3주간 그 누구도 부부를 찾지 않았다는 사실이 마음 아팠다. 부모님 나이대의 한국 분들이셨는데, 소문을 듣자 하니 아들이 집을 나간 후 몇 년 동안 돌아오지 않았다는 것이다. 내가 딸처럼 평소 살갑게 대했더라면 하는 후회가 밀려오자 미안함과 아쉬움이 아무렇게나 마음 여기저기 너부러진 기분이 들었다.

몇 주 후 자살 사건으로 종료된 후 출입 금지 스티커가 떨어지고 굳게 닫혀있던 문이 열렸다. 이날은 종일 인부들이 내부 자재들과 가구들을 옮겼다. 집은 다시 새 단장을 할 것이지만, 부부가 자살을 한 집에서 누가 살고 싶을까 몸을 부르르 떨며 상상만 해도 몸서리가 쳐진다.

관리인이 지나가는 나를 불러 세운 후 이렇게 말한다.

"곧 저 집으로 한국인 엄마와 딸이 이사 올 거요."

"What!!! Oh my goodnes."

사건이 일어나고 며칠 뒤 금발 머리에, 사감 학교 선생이나 쓸 것 같은 안경을 쓰고 독특한 영어 발음을 구사하는 프랑스인 매니저가 우리 집 문을 두드렸다. 은행 check에 월세를 써서 내는데 숫자를 잘 못 쓴 거다. 부끄럽다. 한두 번도 아니고. 매번 아기 콧소리를 내며 미안하다고 말하던 나였지만, 더는 그러고 싶지 않았다.

"옆집에 사람이 죽었어. 무서워서 못 살겠어. 이사할래."

생각 없이 불쑥 내뱉었다. 월세를 삭감해 주든지 아니면 더는 살수 없다고 단호하게 말했다. 그러나 매니저는 어떠한 동요도 없이한마디 했다.

"누구나 사람은 죽어, 그게 뭐가 어떻다고 난리니?'

이건 문화 차이인가, 아니면 내가 이상한 건가. 아무튼, 요지경이다. 진짜, 떠나야겠다.

#좋은 건 언제나 기다리고 있어

창문 넘어 보이는 담장에 핀 진분홍색 꽃들을 보는 게 좋았다. 햇살 가득 들어오는 집에서 마시는 커피도 환상적이었다. 해질 무렵 혼자 노는 수영장은 더 말할 게 무엇이겠는가. 이웃들과도 정이 들어 가족처럼 친근했는데 막상 떠나겠다고 말하고 나니 마음이 뒤숭숭했다. 이놈의 성질머리하고는.

고향인 부산을 떠나 서울에 올라와 살면서 징글맞게 이사를 해야 했다. 갑자기 주인이 터무니없이 월세를 올리거나, 지낼 만하다 싶으면 주인이 들어와서 살 거니 나가란다. 그때마다 정처 없이 떠돌아야 하는 나그네의 서러움을 익혔다. 그렇게 한동안 정신없이 발품을 팔다가 호환 마마보다 무서운 서울 집값에 기가 꺾일 무렵이면 기가 막힌 집(내가 생각하기에 그런 집)을 구하게 된다. 운이 아니라 이를테면 실력이라고 해두자.

집을 볼 때 나만의 부동산 루틴이 있다. 이건 스무 살 때부터 엄마와 함께 사용하던 방법인데 결과가 늘 만족스럽다. 지금 그 비밀의 열쇠를 풀어보겠다. 일단 마음에 드는 집을 발견하면 며칠 그 주변 땅을 밟고 다닌다. 설렁설렁 걸어 다니는 게 아니라 진심으로 마음에 주문을 걸어가며 내 것이라는 '찜'을 한다. 그러면 정말 그 집을 갖게 되거나 오히려 더 좋은 집을 구하게 됐다. 집뿐만 직장이든 뭐든 내가 꼭 가져야 할 게 있다면 그랬다.

입이 방정이다 싶다가도, '미국에 사는데 정원이 있는 집에서 한번 살아봐야 하지 않겠어?'하고는 마음에 주문을 걸었다. 그러나 역시 캘리포니아의 월세는 내가 감당할 수준이 아니었다. 신용이 높지 않으니 1년 치 월세를 미리 내야 하거나, '쿵' 하고 발을 굴리면 곧 무너질 것 같은 집도 비쌌다.

캘리포니아에서는 집을 구할 때, 먼저 집을 먼저 본 후 마음에 들면 직업과 경제력, 이사 가능 날짜 등을 적어 제출한다. 그러면 집주인이 희망 세입자들이 낸 서류를 검토하고 나서 세입자를 고르는 시스템이다. 발품을 팔고 여러 번 좌절했지만, 결국 정말 말도 안 되게 좋은 집을 저렴하게 (오렌지카운티 수준에서다) 구했다.

이 집은 캘리포니아 햇살 아래 이불을 탈탈 털어 널어 말릴 수 있었고, 마당은 캠핑하거나 지인을 불러 바비큐 파티를 해도 좋을 만

큼 공간은 넉넉했다. 화단에는 내가 좋아하는 레몬 나무와 선인장
도 키울 수 있었다. 무엇보다 좋았던 건, 집에서 올려다보는 하늘.
특히 해질 무렵 하늘을 올려다볼 때면 내가 왜 사는지 의미를 찾을
정도로 아름다웠다. 매일 저녁 깊은 감사의 기도가 터졌다.

그런데 더 기가 막힌 건 내가 구한 집이. 이사하기 전 집에서 노을
이 아름다워 매일 바라보던 바로 그 집이었다. 그러니 난 2년 후에
내가 살 집을 매일 바라보고 살았던 것이다.

인생길을 걷다 길모퉁이를 만났을 때 무엇이 눈앞에 펼쳐질지 모
르기에 오는 막연한 두려움이 있을지언정 영혼의 짝꿍인 빨강머리
앤이 들려주던 이야기처럼 나도 그렇게 믿고 씩씩하게 걸어가 보
겠다.

"길모퉁이를 돌면 뭐가 있을지 모르지만, 전 가장 좋은 게 있다고
믿을래요"

나는 재능 부자다

난 무엇 하나 딱 부러지게 잘하는 게 없다. 엉덩이가 가벼워 진득하게 뭔가를 오래 하질 못할뿐더러 늘 주변에서 손이 많이 가는 타입이라는 이야기를 듣는다. 그러다 보니 재능 넘치고 뭐든지 일 처리 확실한 사람을 마냥 동경해왔다. 마흔이 되어, 부러움을 멈추고 돌아보니 난 치명적인 매력을 가진 사람이라는 생각이 든다.

필리핀에 계신 신부님의 초청으로 우리 팀은 내륙 깊숙한 곳에 자리한 키부앙이라는 산골 오지 마을이라는 곳에 간 적이 있다. 공항에 내려서 비포장도로를 꼬박 6시간 달려서 겨우 도착했다. 비포장길은 말할 것도 없고 비탈진 산길을 오르는 동안 속은 곧 넘쳐 쏟아질 것 같고, 엉덩이는 방망이로 마구 두들겨 맞은 것 같은 얼얼한 통증이 허벅지를 타고 발끝까지 뻗쳤다. 안전띠도 없는 좁은 차 안에서 천정에 달린 봉하나 의지해 사지에 힘을 빡 주고 달렸다. 그래도 가는 동안 오지 탐험을 떠난 대원이 된 것처럼 신이 났다. 덜컹거리는 차 안에서도 기타 소리에 맞춰 목청껏 노래 불렀다. 험난했지만 마음은 꽃길이었다. 그때 우리가 단단히 미쳤었다는 것만은 확실하다.

산골 마을에 도착한 후 첫 임무는 고등학교 담벼락과 교실 벽화를 그리는 일이었다. 신부님께서는 미술을 전공한 언니를 철석같이 믿고 부탁한 것인데 예상치 못한 복병이 있었다. 함께한 무리는 마음은 홍대생인데 제대로 그림을 그릴 줄 아는 사람이 없었던 거였다. 작품은 처음 의도한 것 달리 손을 대면 댈수록 엉뚱하게 흘러갔다. 도저히 손을 쓸 수 없을 지경까지 이르렀지만 우리는 정말 진지했고, 학생들이 행복하길 바라는 마음은 간절했다.

나중에 신부님이 보시고 당황해하시던 얼굴이 아직 선하다. 교장 선생님께 기대하시라고 큰소리쳤는데 어떻게 해야 할지 모르겠다며 그 착하디착한 얼굴에서 식은땀이 흘러내렸다.

학교 곳곳을 돌아볼 때도 느꼈고 100명이나 되는 청소년들과 2박 3일 동안 프로그램을 하러 수련원 같은 곳에 방문했을 때도 보고 알았다. 필리핀 사람들이 얼마나 손재주가 좋은지.

버려진 깡통, 플라스틱, 쌀 포대자루, 과자봉지는 아이들의 손을 거치자 그럴듯한 작품이 되었다. 평범한 공간을 미술관을 방불케 할 만한 작품들로 채워져 있었다. 벽마다 빼곡하게 채워진 그림들에서는 아이들의 때 묻지 않은 순수함과 자연에 대한 사랑이 가득했다. 그림만 보고 있어도 아이들의 삶은 충분히 행복해 보였다.

강연자의 이야기에 집중하고 토론 시간에도 그들은 진중했다. 자기 의견을 내는데 자유로워 보였고 열성적인 태도에 난 깜짝 놀랐다. 학생들은 리더의 의견을 존중할 줄 알았고 무엇을 하든 최선을 다했다. 숱하게 한국에서 프로그램을 진행했지만 이런 반응은 처음이라 우리가 더 신이 났다. 세상 부러울 게 없었다. 나중에는 이 아이들 다 데리고 한국 가자는 농담까지 나왔다. 여기선 우리가 스타 중에 톱스타였다.

스펀지같이 받아들이는 그들의 순수한 눈빛 그러면서 진지한 태도. 정말 종잡을 수 없는 매력 덩어리들이다. 그들과 함께 있으면서 케케묵은 내 영혼의 때가 한 줌은 떨어져 나갔다. 유독 나와 이야기가 잘 통했던 신부님은 마임 공연을 하고 내려온 나에게 이렇게 물었다.

"자매님은 여기 왜 왔어요? 딱히 포지션도 없어 보이는데."

그 말을 한 신부님이나 나는 둘이 한참을 배꼽 잡으며 웃었다. 어찌나 웃었는지 몇 년 동안 그날이 가장 크게 웃은 날이었다. 저녁에 사람들이 모여 피드백을 나누다가 오늘 신부님이 나에게 왜 왔냐고 물었다며 이야기하는데 다들 순간 굳은 표정을 지으며 한마디 했다.
"신부님, 우리는 솔잎이 없으면 안 돼요. 아까 마임 하는 것 보시고도 그래요?"

할 일도 없는데 왜 왔는지 궁금한 게 아니란 걸 신부님도 나도 잘 안다. 어디서 요런 이상한 애가 와서는 현지인보다 더 현지인 같은 행색을 하고 있으니 그게 재미있으셨던 거였다. 오랜만에 마음 맞는 친구가 생긴 신부님은 그 후로도 그렇게나 나를 놀려대며 큰 소리로 웃으셨다. 그때 난 아무것도 하지 않고도 남을 크게 웃길 수 있는 재능이 있다는 걸 처음 알았다.

내 옆에서 돼지 목을 베도, 문이 없는 재래식 화장실을 쓰고, 찬 기운이 도는 교실 바닥에 종이 한 장 깔고 처음 보는 외국인과 얼굴 마주 보고 같이 자도 불평 한마디 안했다. 아니 이런 상황이 너무 재미있었다. 30대 중반을 훌쩍 넘겼지만, 청소년들과 닭싸움하고 춤 베틀까지 하는 난 어쩌면 좋니. 낯선 곳을 돌아다니면서 알았다. 타고나길 어디서나 적응을 잘하고 뭐든지 잘 먹는다.

하루는 바닥에서 침낭에 얼굴만 빠끔히 내밀고 누워있는데 내 옆으로 개미 떼가 소풍 가는지 줄지어 지나갔다. 그들의 나들이를 방해하고 싶지 않았다. 크게 한숨 내쉬고 반대로 몸을 돌려 누웠다. 그들은 아마 나의 세심함 배려에 깊은 눈물을 흘렸을 것이다.

여기서 끝이 아니다. 영화 〈엄마는 외계인〉 속 외계인 엄마처럼 뜨거운 삶은 달걀을 손으로 잡는 능력이 나에게도 있다. 비밀인데, 뜨거운 국도 세심하게 건더기를 건져 손으로 떠먹을 줄 안다. 귀한 손님에게만 대접해 준다는 개고기도 거절하지 않고 넙죽 잘 받아 먹고는 엄지 척을 보였다. 그리고 보니 연기도 잘하는군.

자발적 웃음 헤픈 여자가 돼다

같은 세대라면 변진섭의 '희망 사항'은 다들 알 거다. 한 남자가 자신의 이상형을 솔직하게 표현한 가사와 경쾌한 멜로디의 곡이다. 특히 노래 마지막 소절 이것저것 재는 남자를 재치 있게 놀려먹는 부분은 유쾌한 반전을 꾀한다. 아무튼 '청바지가 잘 어울리는 여자, 밥을 많이 먹어도 배 안 나오는 여자' 여기까지 들으면 난 그런 희망 사항 리스트와는 상관없는 여자다. 그런데 그다음 '내 얘기가 재미없어도 웃어주는 여자, 웃을 때 목젖이 보이는 여자'는 될 수가 있을 것 같다. 까짓것 웃으면 되지 않나. 화통하게 "껄껄" 웃는 게 멋을 안 내도 멋이 나는 여자보다는 되기 쉽다.

가던 걸음을 딱 멈춰 세울 미모를 가진 것도, 명문대를 나온 것도,

어깨에 힘이 잔뜩 들어갈 만한 부를 가진 것도 아니지만 세상 근심 사라지게 만들 백만 불짜리 미소 하나는 자신 있다. 세상 행복한 사람의 미소를 가진 덕에 과일가게 사장님은 귤 하나라도 더 챙겨주시고, 휴대전화 가게에서는 알아서 할인 적용도 해주시고, 미용실 원장님은 에센스 하나라도 더 챙겨주신다. 뛰어나지 못해도 하나쯤 자기만의 매력을 잘 키워간다면 그것만으로도 삶에서 우리가 찾을 수 있는 소소한 기쁨들이 있다.

심리학자이며 인지과학자인 다니엘 카너먼Daniel Kahneman은 '인간은 감정적 동물이다. 우리의 행동은 이성이 아닌 감정에 좌우되며 이성은 감정을 정당화하는 보조 수단에 불과하다'고 말한다. 행동에 이성보다 감정의 영향이 크며 주먹구구로 판단한다는 결론으로 노벨상을 받았다. 예쁜 놈에게 떡 하나 더 주는 게 당연하다는 것이다.

미국에 도착해서 한 달쯤 지나 레스토랑에서 파트타임을 한 적이 있다. 메뉴가 100가지가 넘었고 주말에는 길게 줄을 서야지만 주문할 수 있는 인기 많은 식당이었다. 난 타코와 나초를 헷갈릴 만큼 멕시코 음식에 관해서 젬병이었고, 게다가 할 수 있는 영어 회화는 몇 마디뿐이었다.

그런데도 머리 색깔이 제각각인 열대여섯 명 되는 직원들과 잘 지냈고, 날 보러 오는 손님들이 있을 만큼 가게에서 인기가 좋았다. 그럴 수 있었던 비결은 바로 '웃음' 덕분이다.

실수하고 서툴러도 사람들은 나의 부족함보다 내가 가진 에너지를 좋아해 줬다. 한국 사람 특유의 바지런함과 조금은 모자란 듯 보이는 웃음이 통했던 것이다.

우리 뇌에는 '거울 뉴런'이라는 것이 있다. 이 거울 뉴런은 상대의 행동을 이해하고 모방하는 역할을 한다. 다른 사람이 하품하면 나도 하품을 하는 것처럼 타인의 행동을 무의식적으로 따라 하는 것은 거울 뉴런이 활성화되기 때문이다. 어디 하품만 그런가. 남이 웃으면 같이 웃게 되고 드라마를 보고 여주가 울면 같이 울 수 있는 공감 능력이야말로 인간을 가장 인간적으로 만드는 능력이다.

이 원리를 잘 인지하고 있으면 상대방의 호감을 사기 쉽다. 상대방의 몸짓과 행동을 자연스럽게 따라 해보는 것이다. 같은 음식을 주문하고 먹는 순서를 비슷하게 하고 거기에 미소를 지어주면 상대방도 나를 향해 미소를 짓게 된다. 그러면서 상대방은 더욱 친밀감을 느끼게 되고 이를 통해 심리적 거리도 줄일 수 있다. 미러링은 교감과 공감대, 친밀관계 구축의 선결 요건이다.

#눈과 입은 한 세트입니다

책『열두 발자국』을 보면 흥미로운 이야기가 있다. 사람들을 볼 때면 제일 먼저 눈에 시선이 간다고 한다. 그리곤 입으로 옮겨가는데 눈과 입을 번갈아 보면서 그 모양과 움직임을 통해 어떤 감정 상태인지 알아챈다. 그런데 타인의 얼굴을 보며 감정을 읽는 방식에 있어 동양인과 서양인이 서로 다르다고 한다.

서양 사람들은 주로 타인의 입을 보면서 그 사람의 감정을 읽지만, 동양 사람들은 주로 눈을 보면서 그 사람의 감정을 읽는단다. 그래서 자주 사용하는 이모티콘을 보면 알 수 있다.

우리는 대부분 눈(^^, -.-. ㅠㅠ)으로 표현하고 서양인들은(:-), :-(, :/)입 모양으로 나타낸다. 그래서 입을 가리는 마스크를 쓰면 소통에 장애를 겪으니 '자유 아니면 죽음'을 달라며 기를 쓰며 마스크를 쓰지 않겠다고 소동을 일으키나 보다. (아니면 말고)

재밌는 건 눈은 웃지 않고 입꼬리는 올릴 수 있는데 눈은 혼자 웃지를 못한다. 입이 웃어줘야 눈에도 까마귀 발자국 주름이 만들어진다. 장담컨대 지금 눈으로만 웃으려고 안간힘을 쓰고 있는 자신을 발견하게 될 거다.

요즘 난 손바닥만 한 마스크에 가려진 표정을 읽기 위해 더 열심히 사람들 눈을 들여다보려고 한다. 촉촉하게 눈을 깜박이며 상대에게 자신을 알리는 고양이들의 대화처럼 말이다.

웃음이라고 다 같은 웃음이 아니다. 사람들이 행복할 때 짓는 눈과 입이 환하게 웃는 미소를 기욤 뒤셴이 발견했다 하여 뒤셴 미소 Duchenne Smile라 하고, 팬 아메리칸항공 텔레비전 광고에 출연한 승무원의 미소에서 따온 비즈니스상 웃는 가짜 미소를 판 아메리카 미소Pan Am Smile라고 한다.

플라스틱처럼 웃는 얼굴은 쉽게 잊히지만, 천진난만한 미소는 마음을 사로잡는다. 단단하게 여미었던 마음도 스르르 풀어지게 만든다. 삶에 대한 긍정적인 자세를 가진 자들이 지을 수 있는 미소라서 환하게 웃는 작은 일 하나만으로도 상대의 마음을 일으켜 세워 줄 수 있다.

사실 누군가를 향해 웃으면 상대방의 기분도 좋게 만들지만, 무엇보다 내가 좋다. 웃을 때 사용되는 근육이 뇌와 연결되어 있어 아무 이유 없이 입꼬리만 올리고 있어도 우리 뇌는 기분 좋은 상황으로 인지해서 행복 호르몬을 보내준다. 그러니 의도적으로 자주, 기분이 꿀꿀할수록 입꼬리를 올려보자. 뇌에 기분 좋은 사기를 쳐보

웃음 맛집

Menu		
1. 풋풋 웃음 샐러드	1×	✓
2. 포복 절도 기절 낙지 탕탕이	1×	✓
3. 하하호호 쉑쉑케이크	1×	✓

₩ coming soon

※ 부가세 : 이 영수증은 최초로 영국에서 시작되어
밀년에 한 번씩 받는 사람에게 행운을 주었고,
오늘안에 당신 곁을 떠나야합니다...

는 것이다. 웃을 일이 없어도 많이 웃다 보면 긍정 호르몬이 나오고 그로 인해 행복해져서 더 많이 웃게 되는 선순환이 이루어진다.

#웃음 맛집 오픈 예정

나이가 들면 아침저녁 빠지는 머리카락처럼 몸에서 웃음기도 우수수 빠져나간다. 웃음기 빠진 푸석푸석 건조한 일상은 사막 위를 걷고 있는 것처럼 쉽게 지치게 된다. 무엇을 해도 무미건조하니 세상을 보는 눈은 점점 까칠해지고 날이 서 있다. 우리에게 필요한 것은 진정한 웃음이다. 영혼이 무거운 사람일수록 매사 심각하지만 웃을수록 마음이 가벼워진다.

웃음은 고통스러운 세상을 고치는 특효약이다. '웃을 일이 있어야 웃지!' 하면 웃을 일이 생기지 않는다. 하지만 내가 웃으면 웃을 일이 생겨난다. 그래서 인생 팍팍하게 살아가는 사람들을 위한 미소 맛집을 열어보련다.

난 맛집 셰프로 데뷔. 메뉴 소개를 간단히 하자면, 애피타이저로 어린아이의 햇사과 같은 싱그러운 웃음이 준비되어 있고, 본식으로 낙엽이 굴러가는 것만 봐도 까르륵 터지는 소녀들의 웃음이 있다. 디저트로 주름진 얼굴 사이사이에서 그려내는 순박한 웃음을 맛볼 수 있다. 일품요리로 적들 앞에 당당히 선 장군처럼 호탕하게 웃으면서 눈앞에서 두려움 갈아내는 분쇄 쇼도 준비될 예정이다. 참 단골들을 위한 서비스도 있다. 박장대소 30초를 해내면 가족들과 함께 무한대로 즐길 수 있는 쿠폰도 지급할 것이다.

어떤가. 레스토랑에 오고 싶지 않은가? 대박집으로 소문이 나서 예약하지 않으면 들어올 수 없는 곳이 될 것 같다. 위로가 필요한 사람들에게 널리 널리 알려주길 바란다.

기대하시라. 개봉 박두!!!

4장

빈티나게가 아니라 빈티지하게

빈티 나지 않고 빈티지하게

빈티지는 최상의 상품 상태를 일컫는 말로, 단어 자체만으로도 고풍스러운 맛이 감돈다. 빈티지라 불리는 상품들은 가히 전성기 또는 최고의 상태를 뽐낼 만한 가치가 있다. 원래 와인에서 유래된 단어였지만, 지금은 자동차나 옷, 핸드백, 가구 등 오랜 세월 흐르면서 오히려 그 가치가 발하는 특정 연대의 물건들을 빈티지라 부른다.

와인에서 만들어진 시기가 중요한 이유는 와인의 숙성 정도에 따라 그 가치가 달라지기 때문이다. 오래되었다 해서 좋은 것도 아니다. 무릇 가치를 지닌 것들이 그렇듯 겹겹이 쌓여가는 시간 안에 깊은 숙성을 이룰 수 있는 환경이 갖춰져야 한다.

사람이라고 다르지 않다. 와인도 사람도 세월을 잘 보낼수록, 고유의 맛과 멋스러운 향이 짙게 배는 것이다. 시간을 건뎌내는 것만으로 누구나 얻을 수 있는 향이라면 시향 시 사람들의 미간을 찌푸리게 하고 쉽게 잊힌다.

그렇다면 사람을 숙성시키는 적절한 습도와 온도란 무엇일까. 세월이 흐를수록 사람의 곁에는 풍요를 향유할 수 있는 그 사람만의 멋(철학)과 사이좋은 벗이 있어야 한다고 본다. 한국을 잠시 떠나 있는 몇 년간 운 좋게도 그런 삶을 살아내고 있는 노년의 멋쟁이들과 교류하며 그들의 삶을 가까이서 들여다볼 기회가 있었다.

종전의 갇힌 사고는 노년의 신사 숙녀를 만나면서 산산이 부서졌다. 내 눈엔 그들은 눈부시게 빛났고 매력이 넘쳐 보였다. 그 당시 마음 밑바닥에서부터 새로운 의지 하나가 꿈틀대는 걸 느꼈다. 마흔 이후의 삶을 더 열정적으로 살아내는 것과 늙어갈수록 오히려 가치가 빛을 발하는 매력적인 존재로서 성숙해가자고 말이다. 새로운 동기를 발견하게 된 후부터 나이 먹는 일이 더는 싫지 않았고 오히려 미래의 내 모습을 생각하면 설레기까지 했다.

#올드카 주인

집 앞 주차장에 눈길을 확 잡아끈 클래식한 트럭이 있었다. 족히 30년 이상은 된 올드카였지만 얼마나 관리를 잘했는지 미끄러질 듯 윤기가 흐르는 광택이며 단단한 보디 컨디션은 세월이 무색하리만큼 최고의 상태를 유지하고 있었다. 민트 빛 도는 하늘색이 맑은 대낮에 주차장 한가운데서 반짝거리는 그 모습을 봤을 때 내 마음은 사로잡히고 말았다.

'차 주인은 어떤 사람일까?'
이토록 섹시한 차의 보디를 더듬어가며 혼자 상상을 하곤 했다. '세련된 가죽 재킷과 청바지를 입었을 거야. 빗으로 한쪽으로 머리를 빗어 넘긴 후 포마드 기름을 바른 자유로운 영혼을 가진 마초일지 몰라. 아니면 그물 스타킹에 하이힐을 신고 날카로운 인상에 나비 안경을 쓴 할머니일 수도 있지.'
차를 두고 머릿속에서는 이리저리 운전수를 바꿔가며 재밌는 상상을 했었다.

그러던 어느 날 이른 아침 거친 엔진 소리가 들렸다. 가던 걸음을 냉큼 돌려서 소리가 나는 주차장으로 달려갔다. 그런데 '어머!' 흰 셔츠 구멍 사이로 배가 불쑥 나온 백발의 할아버지가 보닛을 닦고 있었다. 거친 엔진 소리만큼이나 나이를 먹은 할아버지의 호흡도

거칠었다. 상상과 전혀 다른 모습을 한 할아버지를 보고 있자니 상상 속 이미지와 도무지 겹쳐지질 않아 혼자 웃음이 났다. 여태껏 그 차가 맘껏 도로 위를 달리는 모습은 보지 못했지만 매일 아침 할아버지는 시동을 켜놓고 차 이곳저곳을 살피고 광택을 냈다. 왜 타지도 않는 차에 저렇게 공을 들이는지 이해가 되지 않았다.

운명처럼 난 그분이 사는 커뮤니티에 들어가게 되었고 이제 입주자와 매니저의 관계로 그분의 사는 모습을 가까이서 바라볼 수 있게 되었다. 마주칠 때면 기분 좋은 톤으로 '할아버지 차가 맘에 들어요'라고 인사를 건네면 무표정했던 그의 얼굴에 어느새 웃음꽃이 핀다. 그리고는 한껏 들뜬 목소리로 자랑스럽게 애마에 대한 수다가 시작된다.

캘리포니아 날씨는 그 이름만큼 투명할 정도로 맑고 푸르다. 겨울에 잠깐 내리는 비 말고는 늘 쾌적한 상태이니 이런 날씨를 즐기기에는 오픈카만큼 좋은 것이 없지. 창문을 열고 비치대로를 달리기만 해도 기분이 뻥 뚫리는데 오픈카를 타고 달릴 때의 감각을 무엇과 견줄 수 있을까.

종종 자동차 박물관에서나 볼 수 있는 문 없는 자동차나 세련된 광이 흐르는 빨강 스포츠카 그리고 제임스 딘이 타고 다녔을 것 같은 현란한 올드카와 캠핑카들도 어렵지 않게 마주친다. 내가 특별히 사랑하는 폭스바겐 미니버스가 빠질 수 없다. 너무 멋스럽다. 차를 그리 좋아하지 않는 나도 넋을 놓고 볼 정도이니 자동차 마니아들이 본다면 오죽할까.

마음을 싱숭생숭하게 하는 미끈한 차들을 마주할 때면 주체할 수 없는 흥분된 목소리로 남편에게 떠들어 댄다. 익숙해질 만도 한데 남편이나 나나 절제가 잘 안된다.

여기서 본 매력적인 자동차를 볼 때마다 한 가지 특이한 점을 발견하게 되었는데, 차주가 백발백중 할아버지, 할머니였다는 것이다. 지금껏 열이면 열 그랬다. 놀랍게도 그들이 가진 차 가격이 '억!' 한다는 거다. 올드카라지만 엔진을 바꾸고 수리하는 데 찻값을 뛰어넘는 돈을 들인다. 오래된 차이니만큼 관리는 필수다. 스스로 자동차 전문가가 되지 않고서는 도저히 유지 관리가 안 되는 것이다. 요즘 자동차와 비교하면 기능은 한참 떨어지지만, 그들에게 중요한 건 좋아하는 일에 열정을 쏟는 것, 그 자체다.

한국에서는 차를 살 때는 훗날 팔 때를 고려해서 제값을 받을 수 있는 색깔을 고르는 경우가 많다. 나이가 지긋한 분들일수록 보통 검정이나 은색 차종을 선호하는 데 거리를 나가보면 무채색 계열의 차들이 즐비하다. 관리가 편해서겠지만, 나이를 먹었다 해서 욕망이 없을까. 지금껏 자기표현을 하지 않고 살았으니 표현에 서툴러서겠지. 이목도 부담스러웠을 테고.
"빨강 차가 뭐야 주책이야, 남들이 보면 노망났다 할 거야."

대학원 시절, 학과장 교수님이 빨강 스포츠카를 타고 다니셨는데 위에서 권고가 떨어졌단다. 교수의 품위에 맞지 않으니 차를 바꾸라고. 우리 사회의 문화적 수준이 이 정도다.

미국에 와서 검게 그을린 구릿빛 피부에 백발을 한 남녀가 머리를 흩날리며 도로 위를 질주하는 모습을 보고 있자니, 한국 중년들의 그림자 진 모습이 상대적으로 더욱 깊게 각인되었다. 이곳 백발 할머니들은 옷 하나도 허투루 입지 않고 늘 단정하게 치장을 한다. 액세서리 하나에도 신경 쓰는 할머니들이 예뻐 보인다. 어울리는 모자를 가볍게 쓰고, 청바지에 셔츠 하나 걸쳐 입으면서도 대충 입었다는 느낌보다는 여전히 생동감 있고, 또 생동감 넘치게 살고 싶다는 의욕을 몸 전체에서 볼 수 있었다.

깊게 팬 주름과 처진 피부에도 아랑곳하지 않고 비키니에 샌들을 맞춰 신을 수 있는 자신감은 나에게 아름다움에 대한 새로운 기준을 깨닫게 했다. 나이 들어도 얼마든지 예쁠 수 있다는 것, 진한 화장을 하지 않아도 얼굴에 주름이 가득해도 말이다.

2년 전 돌아가신 할머니 생각이 난다. 뽀글뽀글 파마를 한 전형적인 대한민국 할머니 상의 할머니가 어느 날 큰 엄마에게 눈썹 문신을 하고 싶다고 하셨는데 뭘 하려고 그런 걸 하시냐고, 그 나이에 애인이라도 만들 거냐는 *꾸중 아닌 꾸중*을 하셨단다. 그까짓 눈썹 문신 하나에 아들 며느리 눈치를 봐야 했던 할머니의 인생이 안타깝기도 했고, 같은 여자이면서 여자의 마음을 그리 몰라줄까 싶어 큰 엄마가 야속하기도 했다.

오래된 벗

CSULB_{California State University, Long Beach}에 소속되어 있을 당시 교수님으로부터 연구 제안을 받았다. 파킨슨 환자분들과 보호자들에게 놀이 프로그램을 제공하고 전후 경과를 비교 검사를 하자는 과제였다.

13년 동안 모임을 이끌어 오고 계신 리비아 회장님을 통해 환자분들과 보호자들을 만나 인터뷰를 진행해가며 8주간 프로그램을 진행했다. 인격적으로 훌륭한 분들이었기에 개인적으로도 정이 많이 들었었다. 프로그램은 끝났지만, 그 후에도 지속해서 연락하고 여러 번 집으로 초대받기도 할 만큼 인연은 깊어졌다.

논문 정리로 정신없이 지내고 있을 때였다. 파킨슨병으로 오랜 시간 투병 중인 Min 할머니께서 허리를 심하게 다쳐 수술했다는 연락을 받고 병원으로 찾아갔다. 휠체어에 타고 있는 아내와 그의 옆을 지키고 있는 일흔을 훌쩍 넘긴 남편분이 나와 남편을 반겼다. 그날따라 아픈 아내 곁에서 조용한 미소로 우리를 안아주시는 남편분을 보고 있자니 마음이 아렸다.

몇 달 새 흰머리가 수북하게 늘었고, 마른 몸은 더 말라 있었다. 하루 24시간 아내를 간호하느라 자신의 몸을 돌볼 여유도 없었을 것이다. 살면서 그간 아내에게 진 빚을 갚는다는 심정으로 간병을 하고 있다고 했지만, 오히려 그 말이 듣는 이의 가슴을 더 아프게 했다. 처음엔 라면 하나도 제대로 끓일 줄 몰랐지만, 지금은 밥도 하고 반찬을 만든단다.

요즘은 아내가 입원해 있으니 매일 한 시간 거리를 운전해서 식사를 챙겨 날라야 하는 게 번거롭긴 하지만, 그래도 잘 때만큼은 편해서 그나마 다행이란다. 그간 자다가도 몇 번이고 약을 챙기고 화장실 데리고 가며 잠을 설쳤을 노인의 고뇌가 마음을 할퀴었다. 곱은 손으로 만든 반찬이 그리 맛이 있을까. 그래도 하루 세끼 기진맥진해가면서도 챙겨야 한다.

우리는 열애중

아픈 아내도 힘들긴 마찬가지다. 여자라는 자존심은 이미 내려놓았다. 화장실 가는 것도 도움을 받아야 하고, 씻는 것에서부터 밥 먹는 것까지 남편의 도움 없이는 아무것도 할 수 없었다. 더 마음 아픈 것은 예전처럼 걸을 수 없을 것이라는 통보 아닌 통보 때문이다. 그래도 희망을 포기할 수는 없지 않은가. 부지런히 치료를 받고 운동을 하면 좋아질 거라는 희망을 품고 오늘을 또 살아내는 수밖에.

병실 사이로 비치는 햇살은 누구에게나 따뜻하다. 희망을 버리지만 않으면 희망은 절대 사라지지 않는다고 믿고 싶다. 그분들을 만나고 돌아오는 길에 생각이 복잡했다. 먹먹한 마음이었지만 그래도 부부가 함께 병을 이겨내고자 애쓰고 있다는 사실에 마음이 따뜻해졌다.

간호사 출신 Sue 할머니는 이 모든 일을 받아들이는 데 그리 힘들지 않다고 하셨다. 한평생 함께하기로 약속한 오래된 벗이라서 그렇단다. 여든을 넘기고 여자 화장실 앞에서 아내 가방을 들고 서 계시는 할아버지도 아내를 위해 평생 공부를 할 수 있어서 괜찮단다. 그러면서 공부한 해박한 지식을 사람들에게 공유해 주셨다.

젊은이들에게 보이는 뜨거운 사랑은 아니더라도 앞으로 남은 인생 우리 둘뿐이기에 더욱 안간힘을 쓰고, 무거운 몸을 일으켜 아내와 남편 곁을 지켜주는 배우자분들이 존경스럽기만 했다. 그 마음이 길가에 핀 그 어느 꽃보다 아름다웠다.

인생은 아름답다. 하지만 언제부터인가 우린 노년의 삶을 비극적인 드라마의 결론에 빗대어서 생각하게 되었다. 삶은 탄생하는 순간 노화와 죽음을 안고 태어난다. 늙는 것도 죽음에 이르는 것도 우리가 마땅히 겪어내야 할 삶이라면 화창한 봄날을 살듯 끝까지 아름답고 당당할 수는 없을까.

얼마나 살 것인가가 아니라, 어떻게 살 것인가를 고민할 때 우린 우리 삶을 깊은 향이 나는 빈티지로 완성해 갈 수 있을 것이다.

제3의 성(性) 아줌마

백화점에서 우연히 마주친 아이가 나보고 아줌마란다. '뭐, 아줌마? 내가? 어딜 봐서?' 혼자 씩씩대다 애먼 남편에게 불똥이 튄다. "정말, 내가 아줌마로 보여?"

그나마 안도하는 구석이 있다면 '아줌마'라는 얘길 충격받았다는 지인들이 주변에 적지 않다는 것이다. 파릇파릇했던 청춘들이 벌써 중년의 나이대에 접어들었다는(한때 잘나가던 우리가 벌써 그런 말을 들을 나이가 되었다니) 뼈아픈 사실을 인정하지 않을 도리가 없다. 쌉쌀한 맥주 한 모금 들이켜며 스스로 위로해 본다.

세상에는 세 가지 성(性)이 있는데, 남성, 여성, 그리고 아줌마란다.

그만큼 아줌마는 우리 사회에서 유별난 존재로 인식된다. 아가씨, 엄마, 할머니, 딸, 부인, 사모님은 여성을 지칭하는 말인데 반해 '아줌마' 만큼은 묘한 뉘앙스를 띈다. 어떤 사회적 위치를 드러내는 말이라기보다 그냥 덩어리째 뭉뚱그려 존재의 가치가 폄훼되는 그런 느낌이랄까. 그 느낌 속 아줌마의 이미지는 우리에게 어떤 모습으로 기억되고 있을까.

몸매나 옷차림 따위에 관심 없는 사람, 지하철에서 자리를 차지하기 위해 몸을 날리는 사람, 사은품 받을 때 하나라도 더 받기 위해 애걸하고 받고 나면 얼른 뒤로 가서 안 받은 척하고 또 달라고 하는 사람, 음식점에서 입가심 사탕을 한 주먹씩 쥐어 핸드백에 넣고는 흐뭇한 표정을 짓는 사람, 과일 살 때 이것저것 한 개씩 다 까먹어 보고 "천 원어치만 주세요" 하는 사람, 목욕탕 앞사람이 자리를 비워주기도 전에 엉덩이를 들이밀며 "이리 와 여기 자리 났어!" 하는 사람들까지. '아줌마'라는 말과 자동 동기화되는 이미지가 이러니, 아줌마 소리를 듣는 게 좋을 리가 없다.

#아줌마 탐구생활

아줌마와 아가씨 차이를 비교해 보면, 목욕탕 안으로 들어갈 때 수건을 몸에 두르면 아가씨, 머리에 두르면 아줌마. 파마할 때 예쁘

게 해달라고 하면 아가씨, 오래 가게 해달라면 아줌마. 모임에서
서로 '언니, 언니' 하면 아가씨, '형님, 형님' 하면 아줌마. 운전할 때
선글라스 끼면 아가씨, 흰 장갑에 챙 모자 쓰면 아줌마. 하이힐 신
고도 뛸 수 있으면 아가씨, 운동화 신고도 못 뛰면 아줌마란다.

그럼 몇 살부터 아줌마일까. 누구는 결혼하면서 아줌마가 된다고
하고, 애를 하나둘 낳고 키우면서 자연스럽게 아줌마가 된다고 한
다. 『아줌마 경제학』을 쓴 나카지마 다카노브는 여성이 갱년기가
시작되는 40대 중반부터 65세 미만의 여성들로 '여성다움'을 포기
하겠다는 결단을 내렸을 때 아줌마로 태어난다고 한다.

인간의 행동을 경제학적으로 파악하며, 그 결단으로 얻을 수 있는
이점과 비용을 저울에 재서 이점이 크면 행동을 취하고 비용이 크
면 단념한다. 마트에서 쓸 만한 물건을 건지려고 사람들을 밀어젖
히며 돌진하거나 조금이라도 싸게 사려고 값을 깎는 것, 아이를 키
우고 집안일하기 편하면서 때가 잘 타지 않는 훌렁한 기능성이 높
은 옷을 걸쳐 입는다. 이것은 그렇지 않은 행동을 했을 때 보다 이
익을 가져온다는 계산 아래 여자다움을 포기하고 아줌마가 된다는
것이다. 따라서 아줌마가 될지 아닐지는 여성다움을 유지할 때의
이점과 비용의 상대적인 크기에 따라 스스로 선택하게 된다.

그동안 아줌마가 교양 없다고 우리가 너무 쉽게 매도했던 건 아닐까. 과거 가난 때문에 자신의 꿈과 교육을 포기하고 일해야만 했던 여성들이 많았다. 아름다움을 발휘할 수 있는 일도 적었고, 그것을 유지하는 방법도 일부 계층만 누릴 수 있었다. 그러다 보니 살아남기 위해 억척스럽게 부단히도 애써온 삶의 모습이 부정적 시각으로 그려진 것이다.

어떻게 보면 뻔뻔하다는 것은 '거리낌이 없다'라는 말이기도 하다. 애써 남에게 좋은 인상을 주려고 연기하거나 거짓말을 사용하지 않는다. 하고 싶은 일에 있어 주변 사람들 눈치 보지 않는 스스럼없는 행동으로 그 합리성은 왜곡되지 않고 곧장 발휘된다. 성을 초월한 자연 그대로 살아있는 존재, 여성스러움이라는 주술에서 벗어나 살아있는 날 것 그대로의 인간이 되어간다. 우리는 나이가 들면서 변하는 게 아니라 보다 자기다워지는 것이다.

파리 한 마리도 무서워서 못 잡던, 연약한 처녀 시절에서 탈피해 스스로 아줌마가 되기로 하면서 가족을 위해서라면 김치 백 포기는 아무렇지 않게 뚝딱 만들어 내고, 자녀들을 잘 키우기 위해 정보 수집가와 자녀교육 매니저를 자처하고, 뛰어난 직감 능력으로 남편 카운슬러, 가정의 재무 설계사 역할까지 거뜬히 해낸다. 대한민국에서 아줌마로 살아간다는 말은 못 할 게 없다는 거다.

가족과 아이들을 먼저 생각하는 것은 아내로서, 엄마로서 지극히 당연한 생각이지만, 동시에 본인이 본인 자신을 소외시키는 일은 없어야 한다. 당신의 행동을 경제학적으로 파악하여 얻을 수 있는 이점을 가족과 아이들에게만 그 기회를 돌린다면, 사람들이 입방아에 올리는 그저 억척스럽고, 교양 없으며, 결코 아름답지 못한 한 여성으로서 평가받을 받게 될 것이다. 따라서 선택의 기회를 균등하게 주는 것이 중요하다고 본다.

예전에 탄력 있고 야리야리한 모습보다 삶의 노고와 기쁨을 아는 지금의 모습이 더 빛나고 아름답다. 마흔이 되어 잃은 게 더 많다고 생각했지만 그렇지 않다. 좀 더 나은 환경에서 자라지 못했던 것들의 아쉬움을 받아들일 줄도 알고, 남이 가진 것이 내가 가진 것보다 더 크다고 억울해하기보다 가진 것에 감사할 줄 알게 된다. 나 혼자만 아픈 줄 알았는데 누구나 저마다의 아픔이 있다는 것을 이해하게 되는 나이이다.

더러운 쓰레기도 눈 하나 깜짝 안 하고 잡을 수 있다는 것은 무엇이든 할 수 있다는 것을 나타내는 표증이기도 하다. 그러니 꿈을 꾸기 딱 좋은 나이가 아닌가. 가정을 위해 쏟았던 에너지를 이제는 나의 성장을 위해 돌려봐도 괜찮다.

서툴러도 괜찮고, 너무 잘하려고 하지 않아도 된다. 꼭 전문가가 되지 않아도 되고, 전문가가 되어도 좋다. 충분히 자신의 가치를 믿어주는 용기만으로도 충분하다. '잘할 수 있을까?' 고민하지도 않고 '마음만 먹으면 다 할 수 있어. 다만 지금은 아니야'라고 말하며 현실을 도피하지 않으며 한 걸음씩 내디더 보는 것이다.

누가 뭐라고 하건 지금부터 아줌마들의 귀여운 반란이 시작되었음을 알린다. 그러니 아줌마의 용기로 자신다운 인생을 시작해 보자. 거침없이.

글래머스한 마흔은 어때?

흔히 사람들은 볼륨 있는 몸매를 가진 여성을 '글래머glamour'하다고 부른다. 영어사전을 검색해 보면 glamour는 콩글리시고 바른 영어 표현으로는 'voluptuous'란다.『이야기 인문학』에서 이 단어glamour는 미국에서 '고급스러운 여자'로 통한다. 고대 로마시대에는 공부를 많이 해야 했는데 원래 글래머스한 사람이란 'grammar' 즉 '문법'을 숙달한 사람을 뜻했기 때문이란다.

자신이 얼마나 예쁘고 날씬한 몸매를 가졌는지 와는 상관없이 자신을 아름답게 표현할 줄 아는 매력을 가지고 있고, 자기가 좋아하는 일에 열정을 낼 수 있는 섹시한 지성의 문법을 아는 사람을 글래머스하다고 말할 수 있다. 정보는 인터넷에서 쉽게 구할 수 있지만 고급스러운 매력은 검색으로 얻어지는 것이 아니라 가꾸어야 얻어지는 것이다. 그래서 매력 있는 사람이 되려면 시간과 인내와 지혜가 필요하다.

요즘 〈펜트하우스〉 드라마를 챙겨보고 있다. 사실 이야기 전개 따위에는 관심이 없다. 배우 이지아를 보는 게 좋아서다. 흰 피부에 청순하면서 차분한 목소리는 지적인 분위기를 만들었고 세련된 패션 감각까지 갖췄다. 유창한 외국어 실력은 더욱 매력도를 높였다. 실제로도 베이스 기타를 수준급으로 연주하고 독서를 할 때도 책에 대한 요점 정리를 해서 다시 공부할 만큼 열심이란다. 와인, 미술, 음악, 패션 등에서도 상당한 지식을 가지고 있다니 외적, 내적 매력 모두 갖춘 욕심쟁이다. 마냥 브라운관 속 그녀를 보며 침만 흘리며 바라볼 수만은 없다. 그렇다면 내가 할 수 있는 글래머스한 것은 무엇일까에 대한 고민이 시작됐다.

#이제부턴 건성아닌 지성

글래머한 여성이 되기 위해 가방끈이 꼭 길어야 하는 것은 아니다. 자신이 관심 있는 분야든, 하던 일을 꾸준해 해오게 되면 자연스레 상식이 쌓이고 이야깃거리를 만들어 낸다. 주부들은 제철 음식이 무엇인지 알고, 텅 빈 냉장고 재료에서도 뚝딱 따뜻한 한 끼 식사가 만들어진다. 누구나 다 한다고 생각하고 내가 하는 일을 무시하지 말자. 그동안 시간과 노력을 얻어 얻게 된 나만의 비결을 잘 다듬고 누군가에게 알려주면 그게 전문가다.

나에게도 지적 섹시함이 꿈틀거릴 기회를 주자. 제일 먼저 해야 할 일은 집에서 입던 목이 늘어진 티셔츠를 벗어버리는 것이다. 사두고는 입고 나갈 일이 없어 잘 입지 않았던 옷을 꺼내 입고서는 그 옷에 어울리는 치장을 한다. 옷을 잘 차려입으면 자세가 달라진다. 무엇보다 기분이 좋아진다. 그리고선 밖으로 나가면 만나는 사람들에게도 활력을 불어넣고 기쁨을 줄 수 있다는 것을 기억하자. 패션은 그만큼 강력한 메시지를 담고 있다. 스타일링은 직장인이나 일부 멋쟁이들만 즐기는 사치가 아니다.

또 가까운 도서관을 찾아가서 지금 나의 모습을 더욱 빛나게 해 줄 책을 선택해 보는 것이다. 자신의 내면의 불꽃을 발견하는 방법은 많지만, 지성을 가꿈으로써 이 불꽃을 찾을 수 있다. 지성을 갈고 닦는 건 아주 간단하다. 독서를 시작하면 된다. 좋은 책 한 권을 읽는 것은 그저 시작일 뿐이고, 책을 읽어나가면서 좋아하는 게 무엇인지를 깨닫게 된다.

도서관에 가서 분야별로 빼곡히 정리된 책들을 둘러보면서 내가 그동안 르네상스 미술에 관심이 있는지, 90년대 재즈에 관한 책을 원하는지, 백 하나 둘러매고 떠나고 싶었던 유럽여행을 다시 꿈꾸는지, 아니면 어린 시절 호기심을 가졌던 이집트 문명에 관한 책을 집어 들지도 모른다.

사실 지금까지 한 번도 생각 안 해본 주제보다는 관심 가져 본 적이 있는 콘텐츠가 자신의 놀이가 될 확률이 높다. 그동안 자신이 알게 모르게 끌렸기 때문이다. 어린 시절 빈 노트에 시를 끄적였거나, 뜨개질로 가방을 만들었을 수도, 엄마 몰래 달고나를 만들다 국자를 홀딱 태워서 혼이 난 적이 있을 수도 있다. 지난날을 떠올려 보고 특히 시간 가는 줄 모르고 빠져들었던 분야에 대해 생각해 볼 필요가 있다.

어떤 사람을 좋아하는지, 무엇 할 때 즐거운지, 언제 몰입을 했는지, 어떤 물건에 눈길을 주는지에 대한 경험들이 나만의 취향 데이터를 만들어 준다. 그럴 때 타인과 구분 짓는, 나만의 온리원 Only one으로 살아가는 무게감 있는 취향이 만들어진다.

독서클럽에 가입해서 같은 주제에 서로 다른 경험을 들어보는 재미도 있다. 고대 그리스 시절 많은 철학자가 활동하던 시기에는 학문, 예술, 종교, 문학 등에 관해 토론을 즐기는 것을 최고의 여가라

빈티나지 않고 티내면서

섹시 꿈틀   지성 꿈틀

debate   book   camera   wine   painting

여겼다. 지적 탐구심과 자기반성을 통한 성장은 인간의 잠재력을 실현해 준다.

프랑스 고등학생들은 일주일에 여덟 시간씩 철학 수업을 듣는다고 한다. 주로 수업 시간에는 니체, 칸트, 프로이트의 작품을 다루면서 생각하는 근육의 힘을 키우고 적극적으로 토론에 참여해서 자신의 의견을 피력한다. 지성이 프랑스 사람들을 매력적으로 이끄는 구실점으로 작용한다.

#신선한 바깥공기

가끔은 지적으로 보이는 뿔테안경을 쓰고, 스웨터를 입고선 고풍스러운 하드커버 책을 옆구리에 끼고 공원을 걸어가면 나무에 매달린 잎들이 더 파릇해 보이고, 하늘은 더 청명하고 포근한 느낌을 준다. 책은 집안이 아닌 신선한 바깥공기를 더 좋아하는 것 같다. 공원 벤치에서, 비 오는 날은 창이 큰 카페에서, 도서관에서 책을 읽으면 활자는 새벽시장의 활어처럼 생동감 있게 살아 팔짝팔짝 뛰는 것 같기 때문이다. 그런 경험이 우리를 다시금 설레게 한다.

익숙한 곳에서 벗어나 더 알고 싶었던 걸 배워보는 것도 좋다. 문화센터나 도서관에서 제공하는 댄스, 요리, 악기를 가르치는 프로그램을 찾을 수 있고, 문화 탐방가와 함께 역사적인 지역들을 둘러보는 투어를 신청할 수 있다. 전문가의 이야기와 낯선 사람들과의 교제는 혼자 걷는 것과 다른 또 다른 재미를 선사한다. 그뿐 아니라 새로운 분야를 공부해 보고 싶은 도전이 생긴다. 그런 생각이 드는 순간 산뜻한 실바람이 설렘을 데리고 와서는 가슴을 뛰게 만든다. 그 과정이 조금은 힘이 드는지 몰라도 새록새록 배워가는 재미가 그 힘듦을 이길 만큼 크다.

꼭 전공 분야가 아니더라도 영화나 클래식, 역사, 요리, 꽃, 사진, 그림 등의 교양 분야에서 지식을 갖춘 사람들을 만나 대화하다 보면 굉장히 매력 있어 보인다. 꽃에 대해서 할 말이 많은 사람은 꽃을 좋아하고 공부를 해온 사람이다. 그런 지적 섹시함은 마음의 빗장을 단숨에 연다. 내가 생각하고, 배운 것을 내 언어로 말할 수 있는 사람들에게는 남녀노소 불문하고 글래머스한 매력이 있다.

삶을 훌륭하게 가꾸어 주는 것은 행복감이 아니라 주어진 과제를 해나갈 때 느끼는 몰입감이다. 몰입은 누워서 떨어지는 사과를 기다리는 게 아니라 사과를 따기 위해 낑낑거릴 때 주어지는 것이기 때문이다. 그때 느끼는 행복감은 스스로의 힘으로 만든 것이어서 우리의 의식을 고양 시키고 성숙 시킨다. 몰입 경험은 배움으로 이끄는 힘이다. 어제보다 더 나은 삶을 살고 싶고, 지식을 확장하려고 하는 욕구가 있는 사람들은 새로운 수준의 과제와 실력을 올라 가도록 더 깊은 의문을 품고 공부를 한다.

무엇보다 공부를 즐기면서 인생을 즐기는 힘이 생긴다. 생명력을 접하면서 살아갈 힘을 얻는다. 일상의 즐거움, 풍요로움을 맛보려 하는 그 자세가 인생을 지탱하는 하나의 지지대가 된 것이다. 신경 써서 멋을 부려보기도 하고, 자신의 몸을 다독이며 공부하고, 무엇 이 되었든 조금씩 연구해 보는 등 약간의 도전과 즐기는 것을 꾸준 히 쌓아가는 것이 풍요롭고 아름답게 나이를 먹어가는 성숙의 과 정이 아닐까.

새로운 드레스는 당신을 아무 데도 데려가지 못한다. 당신을 어딘가 로 데려가는 것은 당신이 그 드레스를 입고 이끌어 나가는 삶이다.

악마는 중년을 입는다

꾸민 것 같지 않게 점퍼 하나를 툭 걸쳐도 멋이 나는 사람이 있다. 사람은 나이가 들수록 그 사람만의 분위기가 있어야 한다. 분위기는 안에서부터 흘러나오기도 하지만, 겉으로 드러난 모습 그 자체도 인상을 심어줄 수 있다. 쉽게 말해 나이 들수록 옷 좀 잘 입자는 말이다. 젊은 사람들, 늙은 건 용서해도 냄새나는 건 용서가 안 된단다. 치장은 나이가 들수록 더 필요한 것인데 이 나이에 무슨 치장이냐며 손사래 치는 사람들, 이런 사람들 조심해야 한다. 백발백중 외로워진다.

나이가 들수록 패션에 관심을 가져야 한다. 옷은 분명 사람을 돋보이게 하는데 요소다. 퍼스널 스타일링 코치인 이문연 씨는 스타일이란, 나를 어떤 이미지로 드러내고 싶은가에 대한 자기 물음을 시각화한 것이라 말한다. 스타일링 목적은 '나'라는 개성을 드러내기 위함이다.

나는 패션에 관심이 많다. 다양한 패턴과 질감의 옷들을 보는 것만으로도 기분이 좋다. 요즘은 핀터레스트에서 패션피플을 들여다보거나 W컨셉에서 관심 있는 스타일을 찾아보기도 한다. 학창시절 친구들이 원피스에 양말 스타킹만 신고 다닐 때도 난 승마바지에 후드 점퍼를 입었고 찍찍이 스니커즈를 신었다. 마흔을 넘긴 지금도 내가 좋으면 타인의 시선은 아랑곳하지 않고 과감하게 시도하는 타입이다.

살면서 내 마음대로 할 수 있는 게 얼마나 있을까. 남편이 마음에 안 든다고 바꿀 수도 없고, 일도 기분대로 때려치울 수 있는 게 아니다. 그런데도 내 몸을 치장하는 액세서리나 옷마저도 남들 눈치를 봐야 한다는 건 너무 억울해서 싫다. 그래서 난 남들이 뭐라건 내가 좋은 것을 입고 걸친다.

난 20대 때부터 지금까지 하이웨이스트 와이드 팬츠를 선호한다. 거리에 모든 여성분이 스키니진을 입고 다닐 때도 난 그 스타일을 추구해왔다. 스키니진을 입으면 종아리가 두드러져 보이고 짧은 다리는 더 짧아 보였다. 그런데 최근 스키니진이라도 핏과 옷 소재에 따라서 달라 보일 수 있다는 것을 발견했다.

내 몸에 불리한 옷이라고 해서 못 입을 옷이라 선을 긋지 않는다. 옷도 해석이다. 많이 입어보면서 나에게 맞는 스타일링을 찾는다. 나에게 불리한 스키니진이라 해도, 복사뼈를 살짝 덮는 길이의 다리가 짧아 보이지 않는 바지를 찾았을 때의 기쁨은 상상외로 컸다. 외모 연출력은 곧 그 사람의 자존감이라 생각한다. 연출은 재능이 아니라, 나의 내면을 밖으로 표출해 보이는 용기이기 때문이다.

『파리지엔의 자존감 수업』에서는 어떤 옷들이 잘 어울리는지만 따질 게 아니라, 그 옷들로 인해 무엇이 당신을 행복하고 자신감 있게 만들어 주는지를 생각해 보라고 한다. '나는 누구인가'라는 질문에 그 답은 어렵지 않게 할 수 있다. 몸 어딘가에 답이 있기 때문이다.

몸은 자신의 '테루아르terroir'이다. 테루아르는 와인의 나라 프랑스어에만 있는 단어로 기후, 토양, 지형, 배수 등 와인에 개성을 불어넣는 모든 환경적 요인을 말한다. 내가 태어난 곳, 자란 곳, 관계, 기억, 경험, 추억들이 바로 나의 테루아르이다. 나라별, 지역별로 맛도 특징도 다르듯이 그렇게 나만의 핵심 품종으로 향과 풍미를 만들어간다.

어떤 스타일이 마음을 끄는지, 왜 같은 스타일을 고집하는지, 잘못 골라서 결국 의류 수거함으로 버려지는 옷들 속에서도 내가 어떤 사람인지에 대한 힌트가 숨겨져 있다. 자신만의 스타일을 찾아가는 과정에서 중요한 단서들을 발견하고 취향을 개선하고 든든한 기초를 다지는 과정은 도움이 될 것이라며 조언한다.

난 빈티지 옷들을 좋아한다. 발품과 조금의 센스만 있으면 큰돈 들이지 않고도 남들과는 다른 스타일을 표현해 주는데 이만한 게 없다고 생각한다. 나의 여러 취미 중 하나는 영어 공부를 핑계로 미국 50년대 흑백 시트콤 〈I Love Lucy〉와 90년대 대표 시트콤 〈Friends〉를 즐겨 보는 것이다. 특히 주인공 루시와 제니퍼 애니스톤의 스타일은 지금 봐도 전혀 촌스럽지 않고 너무 사랑스럽다. 유쾌한 그녀들의 표정과 말투 그리고 그런 그녀들을 돋보이게 해주는 스타일을 보는 재미가 크다. 그런 나의 취향이 스타일에 묻어난 것이라 볼 수 있다.

#나를 표현하는 스타일링

예능 프로인 〈악마는 정남이를 입는다〉에서 모델 배정남은 옷

가게 사장이다. 의뢰인들이 원하는 스타일을 들려주면 의뢰인의 분위기와 장단점을 파악하고 기존 스타일과는 다른 스타일링을 제안한다. 패션은 배정남을 만나기 전과 후로 나뉜다고 할 정도로 센스 있게 빈티지와 브랜드 옷을 적절히 섞어 연출하면서 의뢰인의 또 다른 잠재력 발견할 수 있게 만들어 준다. 의뢰인들은 한결같이 '평소에 이렇게 안 입어 봤는데, 괜찮다'라는 반응이다. 옷을 만든 디자이너는 의도하지 않았겠지만, 옷에도 잠재력이 있어 어떤 주인을 만나느냐에 따라 완전히 다른 모습을 드러낸다.

배우가 역할에 따라 머리며 옷 스타일을 정하는 것처럼, 자신이 이상적으로 생각하는 이미지나(특정 배우)를 떠올려보고 '만약 내가 그 사람이라면 어떤 스타일로 연출할까 상상을 해보는 것이다. 그러다 보면 평소 손이 가지 않던 아이템에 도전할 수 있게 될지 모르겠다.

스타일링이 재미있는 것은 내가 어떤 사람인지를 표현할 수 있다. 정원경 씨가 쓴『마흔부터 피는 여자는 스타일이 다르다』에서는 무엇을 사든 본인의 선택이지만 내가 어떻게 보이면 좋겠는지, 어떤 사람으로 표현되고 싶은지를 생각한다면 선택이 달라질 수 있다고 조언한다. 그저 편해서, 예뻐서 사는 것이 아니라 내가 어떤 모습으로 나이 들면 좋겠다 하는 바람으로 장바구니에 담으라고

감정을 입는 Style Book

favorite

smile

confidence

personality

한다. 시간과 돈을 들여서 사는데 자신을 돋보이게 하는 구실을 톡톡히 해내면 좋으니까.

가끔 이런 황당한 생각을 해본다. 전자제품을 사면 사용 안내서가 있듯이 옷을 살 때도 그런 설명서가 있으면 얼마나 좋을것 같다. '이 셔츠는 코발트블루 일자 핏과 입었을 때 가장 빛이 난다', '절대 바지 밖으로 셔츠를 빼지 말고, 큰 체크무늬 스카프를 둘러주면 세련됨을 더할 수 있다' 등등. 물론 그런 친절을 베풀어줄 매장은 없다. 어쩌면 그래서 다행일지도 모른다. 정해진 답이 없으니 내가 요리조리 입어보고 찾아보는 재미를 빼앗기지 않을 수 있으니 말이다.

책 『스타일, 인문학을 입다』에서는 쇼핑이 재미없고 힘든 것은 내가 어떤 아이템을 선택했을 때 그 선택이 올바른지 아닌지에 대한 확신이 없어서 선택의 주도권을 지지 못하기 때문이란다. 무엇이 나에게 어울리는지 아는 사람은 그래서 쇼핑이 즐겁고, 선택하는 데 주저함이 없다는 것이다. 내가 어떤 사람인지 알고 나면 어떤 사람으로 되고 싶은지도 보인다. 그렇게 내가 원하는 이상향에 맞게 내면과 외면을 서서히 맞춰 나가면 된다.

난 오렌지색을 좋아한다. 유쾌한 나의 이미지에 잘 어울리는 색이라 살짝만 활용해 줘도 생기 있어 보인다. 오렌지도 여러 가지 색조가 있다. 에르메스의 영롱한 오렌지색부터 갈색을 띠는 오렌지색, 노란색이 감도는 오렌지색도 있다. 생각보다 다른 색과도 잘 어울린다. 컬러들을 사용해서 나를 표현하는 것도 재밌다.

만약 옷장을 열었는데 무채색 옷만 가득하다면 스카프, 시계, 벨트, 귀걸이로 포인트를 줘보기도 하고, 편하게 입을 수 있는 옷들뿐이라면 이제는 블라우스 셔츠를 구매해 보는 것을 권한다. 편하면서도 갖춰 입은 느낌이 들기 때문이다. 같은 옷이라도 어떻게 연출하느냐에 따라 다양한 멋을 내어주니 이런 재미난 놀이가 어디 있을까.

여성이든 남성이든, 나이가 몇 살이든 언제나 멋을 추구해야 한다. 그렇다고 매일 옷을 잘 입을 수도 없을뿐더러 잘 입으려고 애써야 한다고 말하는 것은 아니다. 다만 지금 내가 입고 있는 옷이 나를 기분 좋게 하는지, 사람들을 즐겁게 할 말한 것인지 생각해 보는 것만으로도 매력은 만들 수 있다.

마흔이야 말로 나의 매력을 제대로 보여줄 수 있는 나이라고 생각한다. 과즙이 미터지는 귀여움과 발랄함은 더는 가질 수 없다 하더라도 희끗희끗 보이는 흰머리와 주름진 얼굴 사이로 비치는 사랑스러운 미소와 신비롭고 우아한 모습은 가질 수 있다.

사람마다 타고난 이미지와 만들어진 이미지로 지금의 이미지를 만들어 낸다. 그런 의미에서 나의 매력은 갈수록 진화하고 있다고 말할 수 있다. 20~30대에 영글어졌지만 제대로 꽃피워 보지 못한 다양한 매력을 지금부터 종이 인형에 다양한 스타일링을 했던 것처럼 놀이하듯이 나를 가꾸어 보자.

동안보다는 동심

신문에 실린 글이다. 영국 헤리퍼드 주에 사는 세 살짜리 남자아이는 지난달 폭설이 내린 뒤 가족과 함께 높이 약 2m의 눈사람을 만들었다. 하지만 이틀 뒤에 이 눈사람은 크게 망가져 있었고 아이는 상심이 컸다. 결국, 아이의 부모는 인근 CCTV 영상을 확인했다. 황당하게도 영상에는 쓰레기를 수거하러 온 환경미화원이 눈사람을 부수는 장면이 고스란히 담겨 있었다. 그는 발차기로 눈사람의 머리 부분을 날려버렸고 결국 눈사람을 만신창이로 만들었다. 그 뒤 그는 작업차를 타고 떠났다. 얼마 뒤 해당 환경미화원은 회사로부터 해고통지를 받았는데 죄목은 '동심 파괴죄'였다.

결국, 녹아내릴 눈을 발로 찼다고 해서 해고를 당할 만한 일인지,

아닌지는 각자 의견이 분분하겠지만 동심파괴 죄목으로 나도 사촌 오빠를 고발하고 싶다.

"산타 할아버지는 없어, 삼촌이 산타야"
"아니야, 산타는 있어. 오빠는 거짓말쟁이야."
울며 한바탕 난리를 피웠던 기억이 난다. 그럴 때면 엄마는 조용히 나를 안아주며 "산타가 왜 없어? 있지. 오빠가 놀리는 거야" 그렇게 우는 날 달래줬었다. 믿을지 모르겠지만 그렇게 난 초등학교 6학년이 되어서야 사촌 오빠가 거짓말쟁이가 아니라는 오해(?)를 풀었다.

#동안은 동심에서 나온다

나우족Now New Old Women은 나이에 연연하지 않고 젊음을 유지하기 위해 자신에 대한 투자를 아끼지 않는 40~50대 여성들을 가리키는 말이다. 세련되게 표현하면 그렇지만 솔직하게 말하자면 '절대 못 늙겠다'는 이들이다. 매스컴은 나이보다 10년 젊어 보이는 여성들을 찬양하고, 너도나도 이웃집 여자를 따라잡으려고 SNS나 입소문을 통해 얻은 정보력으로 화장품, 성형수술, 운동과 다이어트로 날씬한 몸매와 팽팽한 얼굴을 유지하려 애쓴다.

그런데 나이가 들수록 지켜야 할 것은 동안보다 동심이다. 동심은 아이들에게만 속한 단어는 아니다. 순수함, 해맑음, 색칠하지 않는 본래 마음이고 인간의 본연이 동심이다. 어린아이의 마음으로 세상을 보면 그저 재밌고, 신비한 것투성이다. 욕구에 충실하고, 사소한 것에서도 행복함을 느끼게 된다. 그런데 여기저기서 치이며 살다 보니 동심은 사라지고 그 자리에 철저한 계산과 이기심이 자리 잡았다. 감사한 마음보다 불만이 먼저 생기고 낯선 친절에 괜한 의심이 생긴다.

누가 시키지 않아도 마흔이 되면 해맑게 웃는 횟수는 줄어들고 만만하게 보이지 않기 위해 미간에 인상을 쓴 주인공이 되려고 한다. 정작 어른스러운 것이 무엇인지도 모르면서 '어른답게 행동해야지', '감정을 드러내지 마' '체면 차려야지'라는 말로 내 안에 어린아이를 꽁꽁 봉인시켜 둔 것이다.

나이가 들어도 겉 포장지만 바뀌었을 뿐 유전자에는 동심이 생생히 남아있다. 지금 내 이름 앞에 어떤 직함이 붙어 있든지 간에 우리는 모두 전직 어린아이였으니깐. 그러니 이제는 동심이 마음껏 자유롭게 춤을 추도록 허락해 주자.

인간의 키는 일단 성장이 멈추고 나면 평생 변하지 않는다. 키가 변하지 않지만, 다행스럽게도 그릇을 넓히는 일은 가능하다. 까치 발은 30대쯤에서 그만두고 70세를 향한 인생 후반기에는 그릇을 넓히는 편이 낫다. 그릇을 넓히는 데는 '보다 나은 것은 무엇인가 를 아는 현명함'을 갖추는 것이 가장 좋다. 그러기 위해서는 우선 순수한 마음을 가져야 한다. 어떤 일에든 어린아이와 같은 투명한 마음으로 대하면서 놀라고 기뻐해야 한다. 그런 마음으로 모든 일 을 마주하면 보다 나은 것, 정말로 좋은 것을 찾아내는 힘이 조금 씩 몸에 밴다.

#내 동심은 몇 살이게요?

사람들은 내가 몇 살인지에 대해서는 궁금해하지만, 내 마음의 나 이를 궁금해하는 이는 좀처럼 만나지 못했다. 더 어려 보이려고 바 람 빠진 풍선처럼 탄력 없는 얼굴에 필러로 볼륨을 채워 넣듯 군데 군데 꺼져버린 동심을 빵빵하게 채워줄 방법은 없는 걸까.

우선 동심이 잘 살 수 있는 환경을 만들어 주자. 어렸을 적 행복했 던 추억의 장소를 찾아가 보는 것도 도움이 된다. 만화방, 문방구, 할머니 댁, 학교 운동장 등 누구에게나 그런 장소 하나쯤 가지고 있다. 나에게는 놀이터가 그런 장소이다. 미끄럼도 타보고 그네에 도 올라타본다. 더 높이 올라가기 위해 허공을 향해 다리를 크게 벌려 휘휘 저어보면 어느새 입가에 미소가 가득하다.

물에 흠뻑 젖은 아이들과 같이 맨발로 분수대 위로 뿜어져 나오는 물줄기들 사이로 지나가면 청춘 드라마 속 주인공처럼 생기 있는 사랑스러운 표정이 나온다. 시작이 무섭지 한번 하고 나면 그 부끄러움을 넘어설 정도로 신이 난다. 내가 만든 틀을 깨는 것도 내 몫이다. 가끔은 두꺼운 책을 덮어두고 동시, 동화를 읽는 것도 순수성을 일깨우는 방법이 될 수 있다. 지금 읽어도 무릎을 '탁' 칠만한 이야기들은 안에는 지혜가 깃들어 있다.

자주 감탄을 해보자. 나이와 상관없이 자주 감탄하고 감동하는 사람들은 사랑스럽다. 초록색 지붕 집에 사는 빨간 머리 앤처럼 매일 보는 싱그러운 풀잎들과 쏟아지는 햇살을 보고도 설레하는 사람들, 가족, 이웃에게도 수시로 이런저런 이유로 감탄을 쏟아내는 사람들을 만나면 기분이 좋고 그들과 함께 섞이고 싶다.

칭찬이 언어의 표현이라면 감탄은 마음의 표현이다. 사람을 있는 그대로 받아들여 줄 여유가 있는 상태에서 나온다. 뭔가 대단한 것이 있어서가 아니라 소중하기 때문에 그 가치를 인정해 주기 때문에 감탄한다.

몇 년 전 갑상선암 환자들을 대상으로 프로그램을 진행한 적이 있었다. 40대 후반쯤으로 보이는 여성분이 웃는데 억지스러워 보이다 못해 슬퍼 보이기까지 했다. 그래서 물었다.

"혹시 웃는다고 혼이 난적 있으세요?"

그는 깜짝 놀라며

"어렸을 때, 남동생과 장난치며 노는 걸 본 아빠가 어디 여자가 큰 소리로 웃느냐고 혼을 내셨어요, 그 뒤로 웃음이 나올 때마다 꾹 참거나 손으로 입을 막았어요."

평생 웃으면서 죄책감 가졌을 그분을 보니 마음이 너무 아팠다. 하지만 이젠 남들의 평가와 소리에 상관없이 절대로 절대로 나를 슬프게 만들지 않겠다고 선포해야 한다. 그건 나에 대한 예의가 아니다.

고장 난 계산기를 두드리며 그동안 잘난 척, 어른인 척, 괜찮은 척한다고 힘들었다. 쉽게 상처받고 아파하기도 했지만 금세 치유도 되었던 마음속의 어린이를 꺼내 다시 만나고 싶다.

만나면 이런 말을 들려주지 않을까. 즐거우면 웃고 아프면 울어도 돼. 미운 사람 생기면 욕도 하고 지나가는 길에 괜히 다리도 걸어 봐. 지치면 너무 잘하려고만 하지 말고 가끔 쉼을 줘도 돼. 머리에

꽃을 꽂고 사진도 찍어보고, 길거리를 걷다 신나는 음악이 나오면
잠시 춤을 춰도 괜찮아.

간이역에 잠시 쉬어가면서 복잡한 머리를 비우고 아이다운 감정을
살아나게 할 필요가 있다. 그 유치함과 순수함으로 내 마음에 낀
때를 벗겨주자. 가끔은 내 마음속의 어린이에게 선물을 줘야겠다.
귀여운 인형이든, 볼펜이든, 유치찬란하게 살아온 나 자신을 기특
하게 여기면서 말이다.

단체 카톡 방에 이런 글이 올라왔다.
"안 쓰는 화분에 새싹이 나서 물을 주고 잘 키웠더니 꽃이 피었습
니다. 이것은 꽃인가요? 잡초인가요?"
한 분이 답글을 달았다.
"기르기 시작한 이상 잡초가 아닙니다."

저절로 자라면 잡초지만 관심과 정성과 사랑이 담기면 화초라는
것이다. 동심도 이와 다르지 않다. 누구나 꽃보다 아름다운 존재로
태어나지만 스스로 자신을 보살피고 가꾸지 않으면 금세 잡초가
무성해진다. 스스로 자주 돌보아 주고 마음껏 뛰어놀 수 있도록 정
성껏 가꿔줄 때 내 삶은 화초가 된다.

정 여사가 원하는 대로

"정xx 환자분 보호자예요"

간호사는 나를 복도 끝 방으로 데리고 가서는 문을 열어 주었다. 모던하고 깔끔한 인테리어가 먼저 눈에 들어왔다.

"솔잎아."

눈을 돌려 침대를 바라보니 그곳에 엄마가 힘없이 누워있었다.

"엄마?"

엄마와 눈이 마주치는 순간 난 그 자리에 주저앉을 뻔했다. 40년간 나를 키워준 우리 엄마가 아니다. 엄마는 얼굴이 터질 듯 퉁퉁 부어올라 있었다. 온 얼굴에 거즈가 덕지덕지 붙어 있고 압박붕대 때문에 마치 누가 두 손으로 양 볼을 힘껏 눌러 올린 것 같은 모습이다. 유난히 작은 몸과 부은 얼굴이 묘한 대조를 이뤘다. 간단한 수술이라서 통증도 별로 없을 거라던 간호사 말만 믿고 가벼운 마음으로 갔는데 이런 몰골이라니. 고생했을 엄마가 안쓰러웠다.

사람들이 피눈물 난다고 하면 새빨간 거짓말인 줄 알았는데 그게 아니었다. 피눈물 흘릴 정도로 고통스럽다니. 순간 가슴이 철렁 내려앉았다. 급히 호출 버튼을 연신 눌러댔다. 잠시 뒤 간호사가 들어왔다. 난 그녀에게 소리쳤다.

"눈에서 피가 흐르고 있어요! 수술 잘못된 거 아니에요?"
간호사는 살펴보더니
"약이 흐른 거예요, 거즈로 닦아주시면 돼요."
"수술 잘 된 거 맞죠? 괜찮은 거죠? 원래 이렇게 붓는 게 맞는 거죠?"
"다 잘 되었으니 걱정하지 말고 정신이 드셨으면 집에 가서도 돼요."

#보호자 코스프레

집에 모시고 와서 우선 죽을 사 왔다. 엄만 김 서방 보기 민망하다며 절대 방 밖으로 나가지 않을 거란다. 아쉬운 대로 물티슈 상자

위에 따끈한 죽을 올려놓았다. 이럴 일이 있을 줄 알았으면 지난주 시장 갔을 때 상이라도 하나 사 올걸 그랬다.

간신히 티스푼으로 한술 떠서 입에 들어가는 것만큼 죽이 흘러 이불 위에 떨어졌다. 엄마 모르게 쓱 닦아내고는, 물병이랑 쓰레기통 그리고 받아온 약을 한가득 펼쳐냈다. 엄마는 아이가 된 듯 안약 바르는 것부터 시작해서 멍 크림, 상처 연고, 드레싱까지 다 해달라고 하신다. 평생 엄마가 아파 누워있는 걸 보지 못했던 나는 이모든 상황이 어디 크게 아픈 게 아니라 다행이라 여기면서도 어색함을 감출 수 없었다. 그래도 퉁퉁 부은 엄마를 보며
"아이고 정 여사 좋겠네, 나보다 주름이 더 없네. 얼굴이 아주 팽팽해."

엄마는 마른 몸에 움푹 팬 얼굴이 없어 보인다고 싫다고 했었다. 살이 찌고 싶은데 그게 안 된다며 늘 입버릇처럼 말해왔다. 역시난 엄마를 닮지 않은 게 분명하다. 살집이 있고 얼굴이 둥글넓적한 아빠를 나는 뼛속같이 닮았다고 생각했다.

거울을 보며 늘어진 살갗을 올리더니
"이번에는 꼭 수술할 거야."
"엄마 나이에 딸 옷 입어서 어울리는 사람 몇 명 없을걸, 친구들

이 엄마 보고 다 멋쟁이라고 하던데."

그랬다. 작고 아담한 체구의 엄마는 무엇을 입어도 잘 어울렸다. 그런데 표정을 보니 내 이야기가 씨알도 먹히지 않는다는 걸 직감으로 알아차렸다. 그렇다면 응원을 해주는 수밖에.
"엄마 하고 싶은 대로 해!"

엄마는 마사지 한번 받으면 며칠은 누워있어야 하고, 스치기만 해도 피멍이 드는 연약한 피부를 가졌다. 병원이 싫다며 유언처럼 난 연명치료는 안 받는다, 암에 걸리더라도 항암치료는 절대 받지 않을 거라는 엄마가 자발적으로 병원을 찾았다. 유튜브를 보고 병원을 스스로 선택하시고서는 부산에서 압구정동까지 와서 상담받고 가는 적극성을 보였다.

#자기희생이라는 덫

곧 칠순을 바라보는 나이에 새로 시집을 가려는 것도 아닌데 왜 얼굴에 칼을 대었을까? 단지 어려 보이고 싶어서는 아닌 듯하다. 늙어 보인다는 사람들에게 복수하기 위해서도 아니다. 친절한 미남 의사를 만나기 위해서는 더더욱 아닐 터. 이제는 남 눈치 보며 살지 않고, 내가 만족할 만한 일들을 하며 살겠다는 결심일 것이다.

어렸을 때부터 엄마는 우리에게는 늘 좋은 것을 먹이고 최고로 입히셨지만 정작 본인은 그러질 못했다.

너희 아빠는 좋은 차 타고, 골프 치러 다니고, 몸에 좋다는 것은 다 먹고 다닌다며 엄마는 늘 내게 아빠 흉을 봤었다. 어린 난 그런 엄마가 이해가 안 됐다.
"엄마도 좋은 옷 입고, 하고 싶은 거 하면 되지 누가 하지 말라는 사람도 없는데 왜 못해?"

말로는 그렇게 하실 거라 하셨지만 선뜻 자신을 위해 살지 못했었다. 가족들을 위해 희생하면서 사랑을 보여주신다는 건 알지만 엄마도 자신에게 투자하며 당당하게 살았으면 좋겠다고 생각했었다.

"엄마는, 우리 엄마랑 목욕탕 한번 같이 가질 못했어."
엄마도 엄마가 필요했을 텐데. 무엇을 해도 믿고 지원해 주는 내 편 없이 쓸쓸히 살아왔을 엄마가 같은 여자로서 안쓰러웠다. 그래서 더욱 나와 내 동생에게는 그런 아픔을 겪게 하지 않으시려고 무던히도 애쓰며 사셨는지 모르겠다. 뭘 하나를 선택하더라도 늘 우리 먼저였고, 우리를 지키기 위해 그 힘든 시집살이를 견디어 내셨다.

그런 엄마가 요즘 달라지기 시작하셨다. 60이 넘어가면서 옷장 한 쪽에 멀쑥한 옷들이 채워지기 시작했고, 엄마에게 잘 맞는 신발들이 진열되었다. 그리곤 그렇게 드시라고 해도 먹지 않던 건강식품들을 챙겨 드시기 시작했다.

난 이런 변화가 반가웠다. 남에게는 늘 통 크게 베풀었는데 이제 본인을 위해 쓰는 통도 커진 것은 쌍수 들고 환영할 일이다. 본인이 만든 자기희생이라는 덫을 과감히 부수고 나오기 시작한 것이다. 남들은 나이가 들수록 하고 싶은 것도, 물욕도, 욕망도 없어진다고 하는 데 엄마는 반대니 축하해 줄 일이 아닌가. 죽음 선고 앞에서 '성형수술 한번 못해보고 죽었다'고 억울해할 일은 없을 테니 축배를 들자.

우리 집에서 선글라스를 쓰고 얼음팩을 하는 엄마에게 물었다.
"이제 만족해? 좋아?"
"좀 고생스럽기는 하지만 대가 없이 얻어지는 게 있다니. 하고 싶었던 걸 했으니 좋지."

난 뼈를 깎는 고통을 인내할 용기는 없으니, 지금부터라도 얼굴값(?) 제대로 하면서 살아야겠다. 가끔 엄마를 언니라 불러가면서.

출생의 비밀

해마다 살이 찐다. 자주 만나는 사람들에게는 별로 눈에 띄지 않을 정도겠지만 만남의 틈이 한 달만 벌어져도 대번에 '얼굴 좋아졌다' 는 소리부터 나온다. 금세 적금처럼 차곡차곡 쌓아둔 군살의 변화를 알아차려 버린 거다.

가끔 옷장을 정리하다 보면 현실에서 도피하고 싶어진다. 오래 묵어 눅눅한 냄새가 나는 원피스를 대고 거울에 비춰 보다가 입어보자 싶어 지퍼를 올리는데 브래지어 선에서 딱 걸린 손가락이 바들바들 떨린다. 힘을 줘봐도 소용없다.
"음, 지퍼가 뻑뻑해졌네."
혼잣말을 했다.

내가 커진 게 아니라 지퍼가 고장 났으니(그렇게 믿고 싶다) 이제 너를 아름다운 가게로 보내노라 하고는 휙 바구니에 던져 넣었다.

며칠 전 청바지를 사러 갔는데 허리 치수를 묻는다. 내 허리는 오묘해서 하루 동안에도 2, 3센티 정도는 늘었다 줄었다 한다. 아침에 빵과 과일 몇 조각만 먹어도 단번에 허리둘레가 늘어난다. 제대로 된 식사를 하면 3센티 늘어나는 건 일도 아니다. 이러니 가게에서 허리둘레를 물으면 아침, 점심, 저녁, 식전, 식후 중 어떤 치수를 이야기해야 할지 망설이게 된다. 그렇다고 엄격히 식사를 조절한다거나, 매일 한계에 도전하는 운동으로 살을 빼고 싶지는 않다. 게을러서가 아니라 다이어트로 소모되는 에너지가 내 삶의 질을 떨어뜨리는 게 싫다.

마흔을 넘겼음에도 여전히 20대의 몸매를 유지하는 김사랑, 전지현, 김태희 같은 비현실적인 우월함을 가진 그녀들은 중년 여성의 로망이 되기도 하는데, 이상 넘어 환상을 꿈꾸는 것에 자신 없는 나는 자연스럽게 변해가는 마흔의 내 몸을 사랑하기로 했다.

거울에 나를 비춰 보면 이 정도면 나름 괜찮다고 생각한다. 누가 뭐라 하든 말든 청바지에 크롭 니트를 입고, 해변에서는 꼭 원피스 수영복이나 비키니를 입는다. 몇 날 며칠 뙤약볕에서 놀다 화상을 입고 가족들 걱정에 피부과에 다녀와서는 내 속살이 하얀 줄 처음 알았다며 수영복 라인 빼고 홀라당 탄 내 속살을 어여삐 바라봤다. 어지간해서는 사람의 시선을 신경 쓰지 않아, 쉽게 행복에 잘 빠진다. 타인의 생각이 내 행동을 제한하기 시작하면, 그때부터 근심 걱정이 생기고 그만큼 행복의 질량은 줄어들게 된다. 간단한 이치다.

엄마는 나를 낳고부터 살이 빠지더니 지금도 55를 입는다. 애를 넷이나 낳은 여동생도 살짝 처진 뱃살 외에 아가씨 때 몸매를 유지하고 있다. 나만 참 자연의 순리에 따른 변화를 겪고 있다. 마흔 다운 몸매와 정신을 가진 나는 그들과 다른 종이 분명하다.

어릴 적 엄마는 종종 나를 영도다리 밑에서 주워왔다고 했다. 바람이 쌩 부는 그날, 씩씩거리며 뾰로통해 있는 내게 엄마는 공개적으로 출생의 비밀을 들추어냈다. 금세 두 눈망울에 눈물이 그렁그렁해서는 친엄마를 찾아 집을 나가겠다 선언했던 기억을 떠올릴 때면 지금도 배꼽을 잡는다.

친구들에게 떠나기 전 마지막 인사를 했고, 눈물 없이는 들을 수 없는 내 인생 계획을 털어놓았더니 너도나도 자기도 엄마가 다리 밑에서 데리고 왔다고 했다는 게 아닌가. 알고 보니 우린 잃어버린 친자매였던 거였다. 그 감격에 서로를 붙들고 복받치는 감정에 겨워 엉엉 울었다. 나의 친자매들은 가출을 극구 만류했고 나의 첫 가출 계획은 조용히 무산되었다.

출생의 비밀을 가진 내 피붙이들이 가끔 보고 싶어질 때가 있다. 나와 같은 유전자를 가지고 있다면 그들의 허리 치수는 아침 점심 저녁 식전 식후가 다를 것이며, 오랜만에 꺼내 입은 원피스의 지퍼가 반드시 고장 나 있을 것이다. 오래전 내가 가출을 결심했을 때 만류했던 것처럼 이런 살집 있는 내 몸을 가리키며 '말도 안 돼. 네가 살이 어딨니?'라고 내 자매들은 그렇게 말해줄 텐데.

#나이가 들어도 나답게

나이가 들어도 난 여전히 속내를 감추는 재주가 없다. 타고나기를 덜렁거리는 데다 성격이 급해 금방 흥분하기 일쑤다. 그리고 하고 싶은 말은 어떻게든 하고야 만다. 젊을 때는 개성이라 할 수 있지만 마흔이 넘었으니 성질대로 살면 괴팍하단 소리 듣기 좋다. 나이가 들어도 넘치는 에너지를 주체할 수가 없다. 그냥 여전히 난 쾌속 질주 중이다.

학교에 몸담아본 사람은 알 것이다. 학교는 위계다. 위에서 '척'하오십, 게 섯거라!

고 명령 하달되면 '착'하니 알아들어야 한다. 모 대학 관계자들과 식사 자리에서 있었던 일이다. 그 자리에서 참석한 사람 가운데 내가 가장 어려서 막내 취급을 받았다. 원장님은 부족한 게 있으면 마음껏 시키라며 건배 제의를 하라셨다. '고기 뷔페에 데리고 와놓고선 원하는 뭐든 시키라니 이게 무슨 개뼈다귀 같은 소린가' 그때 맞은편 벽에 딱 붙은 포스터가 눈에 들어왔다.

'전복 1kg 5만 원'

고기가 슬슬 질리기 시작할 즈음이었다. 느끼한 속을 달래는 데 담백한 전복이 제격이지. 생각하면 자동으로 움직이는 나의 경이로운 신체 반응. 한쪽 팔이 번쩍 올라가자 모든 이의 시선이 일제히 나에게 집중됐다.

"원장님, 전복 먹고 싶습니다"
총무과 직원들은 멀뚱멀뚱 나를 쳐다보고 있었다. 나는 초롱초롱한 두 눈에 한껏 힘을 주며 두 번 세 번 더 깜빡거렸다. 이토록 정직하고 천진난만한 마흔의 청을 거절할 냉혈한은 존재할 수 없으리란 확신이 가득한 눈빛을 보냈다.

"냉면과 같이 먹으면 정말 맛있을 것 같죠?"

1초 2초 3초, 자리에 있던 교수님들 웃음보가 터졌다. 나중에 들은 이야기로는 계산하기로 한 원장님이 보통 짠돌이가 아니라는 것이다. 그래서 식사 메뉴도 늘 단일 품목, 회식은 뷔페, 자장면 먹을 때 탕수육은 금기 사항이었다는 것이다. 그런데 내가 그 짠돌이의 지갑을 대놓고 턴 거였다. 괜히 죄송하다. 우리 테이블만 전복을 먹었다는 게.

어릴 적 동네 친구들이랑 병원놀이하면 나는 늘 환자 역할만 했다. 하루는 나도 이제 간호사 하겠다고 화를 냈다. 간호사를 하겠다고 하면 친구들이 안 놀아줄까 봐 싫어도 참았는데 인내심의 한계에 달한 것이다. 그런데 순순히 역할을 바꾸자는 게 아닌가. 그 뒤로 난 간호사보다 아픈 환자 역할을 더 잘한다는 사실을 알게 될 때까지 간호사 역할을 원 없이 했다.

사람은 한번 눈치를 보기 시작하면 서른까지 눈치 보며 살게 된다더니 유치원 때도 그랬지만, 서른이 돼서도 마찬가지였다. 어떻게 해서든 교수 눈에 들어 강의 자리를 얻기 위해 노력했고, 연구모임에 들어가 학회 발표에서 목소리라도 한 번 더 내려고 애썼다. 아쉬운 쪽이 참고, 배려하는 착한 역할은 도맡아서 해야 한다고 생각했다.

그러다 '이게 맞나'하는 생각이 들었다. 무엇을 위해서? 이러고 살면 무얼 얻을 수 있는 건데? 더 나은 자리, 성공? 쥐 꼬리만 한 성공? 쥐잡듯 나를 몰아대고 얻고자 하는 그 결말에 날 기다리고 있는 게 뭘까? 꿈은 어디 있는 건데 내게 물었다. 미래에, 미래는 어디 있는 건데? 내 마음속에. 내 마음은 어디 있는 건데? 그 물음에 목이 콱 막히는 느낌이 들었다. 내 마음은 지금 이곳에 있었기 때문이다. 그래 내 마음이 지금 행복하지 못하면 미래도 없는 것이지.

서른을 지나오면서 이렇게 밝고 건강한 내게도 치료받지 못하고 방치된 상처들이 적지 않음을 알게 됐다. 꾹꾹 눌러만 놓다 보니 보지 못했던 상처들이었다.

나이를 먹으면서 삶에서 가장 최우선은 내가 행복해지는 일이라는 사실을 받아들이게 됐고, 행복해진다는 건 생각처럼 어렵지 않다는 걸 알게 됐다. 나는 타고난 나의 모습, 성격을 그냥 사랑해 주기로 했다. 타인의 시선에 휘둘리지 않고, 내게 맛있고, 내게 즐겁고, 내게 행복한 일들을 좇아 살기로 했다.

그렇게 지금도 난 쾌속 질주 중이다.

마흔 랩소디 ★ 빈티나지 않고 빈티지하게

초판 1쇄 발행   2022년 02월 21일

글쓴이   이솔잎
그린이   양세빈

펴낸이   김왕기
편집부   원선화, 김한솔
디자인   푸른영토 디자인실

펴낸곳   **푸른문학**
주소   경기도 고양시 일산동구 장항동 865 코오롱레이크폴리스1차 A동 908호
전화   (대표)031-925-2327, 070-7477-0386~9 · 팩스 | 031-925-2328
등록번호   제396-2013-000070호
홈페이지   www.blueterritory.com
전자우편   book@blueterritory.com

ISBN 979-11-968684-5-1   03810
ⓒ이솔잎, 2022

푸른문학은 푸른영토의 임프린트 입니다.